KB122800

과학추리단과
생명의 법칙

과학추리단과 생명의 법칙

청소년 과학소설 십대들의 힐링캠프, 중학과학(3학년)

[십대들의 힐링캠프®] 시리즈 NO.76

지은이 | 박기복
감　수 | 황정은
발행인 | 김경아

2024년 6월 20일 1판 1쇄 인쇄
2024년 6월 27일 1판 1쇄 발행

이 책을 만든 사람들
책임 기획 | 김경아
기획 | 김효정

북 디자인 | KHJ북디자인
표지 삽화 | 캐롤마인드
경영 지원 | 홍종남
기획 어시스턴트 | 홍정훈, 한선민, 박승아
책임 교정 | 이홍림
교정 | 주경숙, 김윤지

종이 및 인쇄 제작 파트너
JPC 정동수 대표, 천일문화사 유재상 실장, 알래스카인디고 장준우 대표

청소년 기획위원
정가인, 양태훈, 양재욱

펴낸곳 | 행복한나무
출판등록 | 2007년 3월 7일. 제 2007-5호
주소 | 경기도 남양주시 도농로 34, 301동 301호(다산동, 플루리움)
전화 | 02) 322-3856 팩스 | 02) 322-3857
홈페이지 | www.ihappytree.com | bit.ly/happytree2007
도서 문의(출판사 e-mail) | e21chope@daum.net
내용 문의(지은이 e-mail) | yesreading@gmail.com
※ 이 책을 읽다가 궁금한 점이 있을 때는 지은이 e-mail을 이용해 주세요.

ISBN 979-11-94010-01-2
"행복한나무" 도서번호 : 180

※ [십대들의 힐링캠프®] 시리즈는 "행복한나무" 출판사의 청소년 브랜드입니다.

과학추리단과 생명의 법칙

박기복 지음 | 황정은 감수

행복한 나무

"지구는 거대한 우주의 암흑 속에 떠 있는
외롭고 창백한 푸른 점입니다."

— 칼 세이건

'창백한 푸른 점(Pale Blue Dot)'은
1990년 2월 14일 보이저 1호가 찍은 지구의 사진을 부르는 명칭이다.
이 사진에서 지구는 0.12화소의 작은 점으로 보인다.
촬영 당시 보이저 1호와 지구의 거리는 61억㎞였다.

《과학추리단》 사용설명서

《과학추리단》 시리즈는 중학교에서 배우는 과학 지식과 환상적인 우주탐험 이야기를 하나로 엮어낸 과학소설입니다. 사건을 추리하고 비밀을 파헤치는 모험 이야기 속에 어려운 과학 지식을 절묘하게 담아, 아이들이 자연스럽게 과학과 친해지도록 구성하였습니다.

❶ 《과학추리단》 시리즈는 중학교 과학 교과과정에 실린 거의 모든 내용을 충실히 담았습니다.

❷ 《과학추리단》은 스토리텔링을 통해 중학교에서 배우는 과학 지식을 쉽게 습득할 수 있도록 도와드립니다.

❸ 《과학추리단》은 과학 윤리에 대한 다양한 질문을 통해 사색과 토론의 기회를 제공합니다.

❹ 《과학추리단》은 총 세 권으로 구성되어 있으며, 시리즈에 나오는 각 권의 핵심 내용은 다음과 같습니다.

제1권 《과학추리단과 지구의 비밀》 : 중학교 1학년 과정

◎ 1장 : 지권의 구조, 암석의 순환, 광물과 토양, 지권의 운동

◎ 2장 : 중력, 마찰력, 탄성력, 부력

◎ 3장 : 생물 다양성, 생태계 평형, 생물의 분류

◎ 4장 : 기체의 성질, 확산과 증발, 보일의 법칙, 샤를의 법칙

◎ 5장 : 물질의 상태 변화, 녹는점과 끓는점, 열에너지, 흡수와 방출

◎ 6장 : 빛과 색, 거울과 렌즈, 파동의 성질, 소리의 특징

제2권 《과학추리단과 물질의 세계》 : 중학교 2학년 과정

◎ 1장 : 원소의 구별, 원자와 분자, 물질의 표현방식, 이온과 앙금반응

◎ 2장 : 전기의 발생, 전류와 전압, 전기의 원리, 전류와 자기장

◎ 3장 : 물질의 특성, 밀도와 용해도, 순물질과 혼합물, 혼합물의 분리

◎ 4장 : 수권의 특징, 해수의 특성, 해류와 조석

◎ 5장 : 열의 이동, 비열, 열평형, 열팽창

◎ 6장 : 광합성, 증산 작용, 식물의 호흡, 광합성의 산물

◎ 7장 : 소화계, 순환계, 호흡계, 배설계

◎ 8장 : 태양의 특성, 지구와 달의 크기와 운동, 태양계의 행성

제3권 《과학추리단과 생명의 법칙》 : 중학교 3학년 과정

◎ 1장 : 기권의 구조, 이슬점, 포화수증기량, 기압과 바람, 구름과 강수, 날씨의 변화

◎ 2장 : 화학반응식, 일정 성분비 법칙, 질량보존 법칙, 기체반응 법칙

◎ 3장 : 감각기관, 뉴런의 구조와 종류, 신경계, 호르몬과 항상성

◎ 4장 : 세포 분열, 수정과 발생, 멘델의 유전 원리, 사람의 유전

◎ 5장 : 운동의 측정, 운동에너지와 위치에너지, 일과 에너지, 역학에너지 보존법칙, 전기에너지

◎ 6장 : 연주시차, 별의 밝기와 등급, 은하와 우주, 과학과 인류문명

차례

등장인물

아이작 Isaac (남) 이 소설의 서술자. 논리적인 추론 능력이 뛰어나고 호모 사피엔스 특유의 호기심이 매우 강하다.

오로라 Aurora (여) 능숙하고 차분하며 신중하게 판단한다. 활을 잘 다루며 감정보다는 이성으로 문제에 접근하고 분석한다.

로잘린 Rosalin (여) 감수성이 예민하고 공감 능력이 발달했다. 생태계의 균형을 매우 중요하게 생각하며 제2지구 개발을 그다지 반기지 않는다.

미다스 Midas (남) 과학에 대한 지식은 그리 많지 않으나 손재주가 뛰어나다. 특히 요리를 잘해서 식사 시간에 즐거움을 제공한다.

에이다 Ada (인공지능) 인류의 최첨단 기술과 지식이 집약된 인공지능으로, 최초의 컴퓨터 프로그래머로 인정받는 에이다 러브레이스(Ada Lovelace)에게서 이름을 따왔다. 제2지구 개척을 위한 '에덴의 아침' 프로젝트를 수행하는 별의 아이들을 가르치고 안내한다.

□ 에덴 16기지 소속

아조크 에덴 16기지의 단원들을 이끄는 리더. 아이작은 비밀조직인 '제우스의 아이들'을 이끄는 대장이 아조크라고 의심한다.

아폴론 아조크를 충실하게 따르는 단원. 이니마를 살해한 용의자 중 한 명이다.

이수스 이니마 살해 용의자 중 한 명으로, 특별한 이유 없이 사건에 휘말린다.

□ 에덴 17기지 소속

조르주 번지점프를 즐기는 모험심 강한 여자 단원.

디오네 축구를 좋아하며 조르주와 친한 여자 단원.

파이안 로잘린처럼 생명을 아끼고 보살피는 성향이 강한 여자 단원.

라우라 위험한 스포츠를 즐기는 남자 단원.

주디스, 마르스, 오르도 비밀조직인 '제우스의 아이들'에 속한 단원.

아기라 드론으로 아이작을 돕는 단원.

□ 에덴 13기지 소속

에리스, 인티라, 무르티, 잉크스 에덴 13기지 단원들을 납치했던 제7기사단 소속 단원. 16기지에 숨어 있다가 아이작 일행이 사건을 해결하는 데 도움을 준다.

1편의 줄거리

화성과 목성 사이의 소행성대에서 웜홀이 발견된다. 인류는 웜홀을 통해 여러 대의 탐사선을 보냈고, 1만 광년 떨어진 곳에서 지구와 비슷한 환경의 행성을 발견한다. 그 행성은 생명체가 살아갈 수 있는 골디락스 존(Goldilocks zone)에 위치했고 지구의 달과 비슷한 위성도 거느리고 있었다. 인류는 그곳에 제2의 지구를 개척하기로 결정하고, 그 계획을 '에덴의 아침'으로 부른다. 그런데 웜홀을 통과하면 노화가 급격하게 진행되면서 죽거나 죽기 직전의 상태가 되는 문제가 발생했다. 웜홀을 통과해도 노화가 일어나지 않는 것은 오직 우주에서 태어나고, 아직 성체가 되지 않은 어린 생명들뿐이었다.

인류는 에덴의 아침 계획을 성공으로 이끌기 위해 우수한 유전자를 지닌 우주인을 선발해 우주기지에서 '별의 아이들'이 태어나게 했고, 인류의 지식이 결집된 인공지능인 '에이다'로 하여금 이 아이들을 가르치게 했다. 별의 아이들은 제2지구로 이동해 그곳에 기지를 짓고 정착을 준비한다. 주인공 일행도 정착을 위해 제2지구의 궤도를 도는 '올림포스'

우주기지에 도착해 훈련에 들어간다.

제2지구의 대략적인 형태와 모습을 살펴보고 간단한 학습을 진행하던 중 올림포스의 광물 보관실에서 사건이 일어난다. 누군가 에이다의 기능을 무력화하는 기술을 사용하여 미지의 광물을 훔쳐 간 것이다. 주인공 일행은 그 기술을 '고양이발톱'이라고 부르고, 미지의 광물을 '광물 X'라고 명명한다. 훈련을 위해 활용하던 메타버스에 들어가 올림포스에 이미 와 있던 다른 아이들을 한 명씩 접촉하며 용의자를 조사하던 주인공 일행은 에덴 13기지에 거주하던 모든 아이들이 실종됐다는 충격적인 소식을 접한다.

이들은 괴생명체나 외계인의 소행이 아닌지 의심하며 실종자를 찾기 위해 에덴 13기지로 향하고, 조사 끝에 범인이 내부인이라는 것과 납치한 수법까지 알아낸다. 납치당한 아이들을 추적하려고 할 때 땅이 흔들렸고, 지진계는 에덴 16기지에서 강력한 폭발이 일어났음을 알린다.

2편의 줄거리

에덴 16기지는 거대한 자연 동굴에 자리하고 있었는데, 폭발로 엉망진창이 되어 있었다. 사건의 진상을 조사하던 중 이니마란 여자 단원의 시체가 발견된다. 이니마는 질산은이 든 증류수를 물로 잘못 알고 마셔서 사망한 것으로 보였다. 주인공 일행은 폭발 사고의 이유도 밝혀내는데, 범인이 칼륨과 나트륨, 리튬을 이용해 첫 폭발을 일으켰고, 그다음 폭발은 누출된 LPG가스 때문에 발생했으며, 마지막 폭발은 수소로 인한 것임이 드러난다. 이들은 사건 현장에 쓰러진 사티스를 구조하고, 정전기가 LPG 폭발의 원인임을 알아낸다.

전기와 통신시설을 복구하면서 다시 에이다가 작동하게 되고, 일행은 무너진 동굴 안에 갇힌 단원들을 로봇이 구조할 수 있도록 하는 작업에 나선다. 먼저 모형 자동차를 만들어 고립된 단원들에게 긴급물자를 공급한다. 구조작업이 진행되는 동안 아이작은 이니마 사망사건을 더 세밀하게 조사하면서 이니마가 살해당했다고 확신하게 된다. 또한 사건 현장에서 비밀 종이를 발견해 이니마가 제7기사단에 속했고 갈레노와 함께 석유 시설을 파괴하려 계획했다는 것도 알아낸다. 일주일 뒤 구조작업이 완료되고, 기름이 바다로 유출되는 것을 막기 위해 해저 탐사작업도 진행한다. 에이다는 지하동굴이 붕괴할 위험이 있다면서 모든 단원을 13기지로 이동하도록 한다.

이동하는 배에서 아이작은 해저탐사 과정에서 발견한 '이끼 S'라는 신비한 생물을 연구한다. 13기지에서 갈레노를 통해 납치 사건의 범인들이 있는 곳을 알아낸 아이작과 오로라는 섬으로 가 납치범들을 제압한다. 그리고 그들에게서 '제우스의 아이들'이란 조직이 유전자조작, 클론 제조 프로젝트를 진행 중이며, 웜홀의 제약을 없애려고 한다는 것을 알게 된다. 그리고 이 모든 계획의 배후에 거대 기업들의 비밀조직인 제우스가 있음을 알고 경악한다.

아이작은 그들에게 '자신이 데이터를 조작해 에이다를 속였다'면서 16기지에 몰래 가 있으라고 하고, 납치된 아이들은 그 섬에 머물도록 조치한 뒤 제우스의 아이들을 추격하러 나선다.

1

대기의 날씨와 토리첼리의 수은

비행선의 고도가 높아지자 생명으로 물결치는 초록의 대지와 푸르른 바다는 짙어지는 구름을 이용해 숨바꼭질 놀이를 즐겼다. 하늘을 향해 뻗은 산맥은 대지와 바다가 꼭꼭 숨어버린 뒤에도 마지막까지 팔을 휘저으며 구름 사이를 뛰어다녔다. 고도가 높아질수록 낮아지는 기온과 기압을 계기판에서 확인하면서도 나는 시시각각 변하는 하늘의 아름다움을 놓치지 않았다.

오로라 고도가 어떻게 돼?

아이작 아직 대류권이야. 성층권까지는 2㎞쯤 남았어.

미다스 목표 지점까지는 아직도 17㎞나 남았네.

비행선이 올라가야 할 고도는 25㎞ 지점이다. 에이다는 에덴 17기지에서 제작한 드론을 대기 중에 띄우라는 임무를 우리에게 맡겼다. 최근의 사건들은 모두 에이다와 통신이 끊어지는 시간대에 벌어졌다. 에이다는 제2지구를 하루에 두 바퀴씩 공전하므로, 정기적으로 통신이 끊어지는 시간대가 생긴다. 초기에 설치해 둔 위성이 고장 나 더 이상 쓸 수 없게 되어서 통신이 끊어지는 것을 막을 방법이 없었다. 새로운 위성이 제1지구에서 공급되면 통신 문제가 해결되지만 그 전에는 같은 문제가 반복될 수밖에 없다.

위성이 오기 전에 대기 중에 드론을 여러 대 띄워서 통신 공백을 임시로 해결하는 것이 우리의 임무다. 드론에는 통신 기능뿐 아니라 지상을 세밀하게 내려다보는 카메라와 날씨 관측 기기도 장착되어 있었다. 에덴 17기지는 원래 나와 동료들이 내려가서 생활하기로 한 곳이다. 에이다는 그곳의 로봇들을 활용해 드론을 만들었다.

로잘린 이런 풍경을 볼 수 있다니, 정말 기적이야.

오로라 기적은 무슨… 그래, 기적이지. 기적이긴 해.

나는 조금 놀라서 오로라를 바라보았다. 오로라답지 않은 반응이었기 때문이다. 예전 같으면 **대기는 질소 78%, 산소 21%, 아르곤 0.93%, 이산화탄소 0.039%, 그 외에 미량의 메테인, 네온, 헬륨, 수소, 수증기 등**

으로 구성된 기체들의 집합일 뿐이며, **구름은 수증기가 기온이 낮아지면서 응결**되었을 뿐이라고 말했을 것이다. 오직 이성으로 냉정하게 사물과 세상을 바라보던 오로라가 로잘린의 감성을 인정하고 받아들이는 모습을 보니, 제2지구에서 보낸 그동안의 경험을 통해 조금씩 변화한 덕분이 아닌가 싶었다.

비행체는 구름 위로 올라섰다.

미다스 아래는 구름의 바다인데, 위에는 아무것도 없어. 신기해!

오로라 신기하긴 무슨…, 아래는 대류권이고 위는 성층권이니 당연한 현상이지.

역시 오로라는 오로라였다. 감성이 조금 깨어났는지 모르지만, 머리는 여전히 이성 99%였다.

아이작 성층권으로 진입하니까 드론을 띄울 준비를 해.

미다스 꼭 보호장비를 착용해야 하는 거야?

오로라 성층권에는 산소가 희박해. 더구나 온도가 극히 낮고. 작업장소가 오존층 중간 지점이라 자외선도 강할 거야. 그냥 작업하면 위험해.

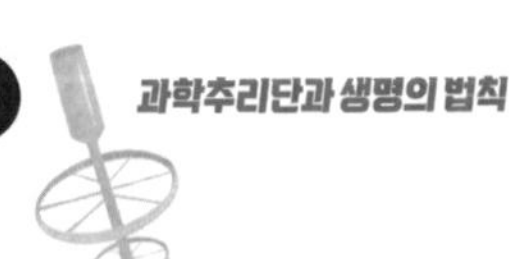

오로라가 협박처럼 말하자 미다스는 투덜거리면서도 보호장비를 착용했다. 비행선은 고도 10㎞에 이르면서 대류권을 벗어나 성층권으로 진입했다. **대류권은 지표면에서 10㎞에 이르는 영역의 공기층으로, 대류 현상이 활발하고 수증기가 있어 기상 현상이 나타난다.** 대기권을 구성하는 **기체의 75%는 대류권**에 있다. 대지와 바다에서 방출하는 열로 인해 **지표면과 해수면에 가까울수록 온도가 높고, 위로 올라갈수록 기온이 하강**한다.

19세기 초 프랑스 과학자 조제프 푸리에는 복사평형 덕분에 지구가 햇빛을 계속 받으면서도 태양처럼 뜨거워지지 않는다는 사실을 밝혀냈다. **복사평형은 물체가 흡수한 복사에너지 양과 방출한 복사에너지 양이 같아서 물체의 온도가 일정하게 유지되는 상태**인데, 지구가 흡수한 태양 복사에너지의 양과 지구가 방출하는 복사에너지 양이 평형 상태를 이루므로 지구의 평균기온은 일정하게 유지된다. 만약 복사평형이 유지되지 않으면 지구에서 생명이 살기 어려울 것이다. 푸리에는 지구의 평균기온이 원래는 −18℃쯤 되어야 하지만, 그보다 높은 이유는 대기의 **온실효과** 때문이라고 설명했다.

화성의 표면온도는 −140℃~20℃ 정도로 평균온도는 약 −80℃이다. 화성이 이렇게 지구보다 온도가 낮은 이유는 대기가 희박하기 때문이다. 지구는 화성보다 대기가 많기 때문에 더 높은 온도에서 복사평형이 이루어진다. 수증기, 이산화탄소, 메탄 등의 온실기체가 온실효과를 만들어내는 덕분이다. 화성처럼 대기가 희박하면 복사에너지가 행성 밖으로 거의 다 빠져나가지만, 지구처럼 대기가 두껍고 온실기체가 있으면 복사에너지의 일부를 붙잡아 둘 수 있어 복사평형 온도가 더 올라가게 된다.

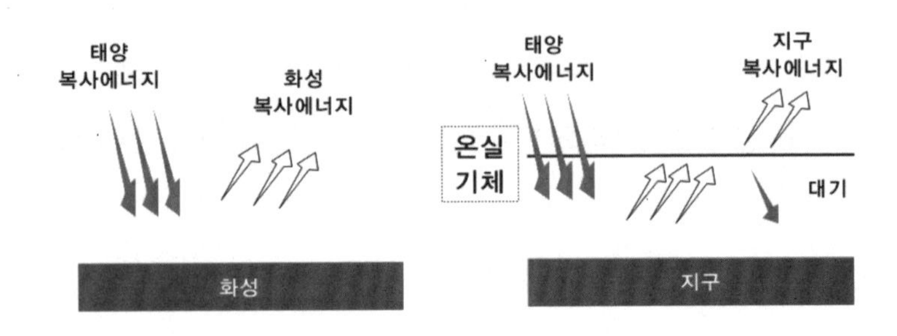

태양에너지를 흡수한 지표면은 햇빛을 적외선으로 바꾸어 방출한다. 질소(N_2), 산소(O_2)처럼 원자 두 개로 된 분자나, 아르곤(Ar)처럼 원자 하나로 된 분자는 적외선을 흡수하지 않는다. 그러나 이산화탄소(CO_2), 메탄(CH_4), 아산화질소(N_2O), 프레온(CFC)처럼 서로 다른 원자들이 결합한 분자는 적외선의 에너지를 흡수한다. 적외선을 흡수한 온실가스는 운동에너지가 증가하고, 이 때문에 기온이 상승한다. 온실가스는 전체 대기의 0.04%밖에 안 되지만 그 운동에너지는 대기의 온도를 크게 높인다. 수증기는 가장 강력한 온실효과를 일으키는 온실기체다. 이산화탄소와 같은 온실가스가 늘어나면 지구의 대기 온도가 올라가고, 그에 따라 수증기의 양도 증가하면서 온실효과가 커진다.

온실기체가 없다면 지구의 평균기온은 영하가 되면서 생명이 살 수 없을 것이다. 그러나 **온실기체가 지나치게 많아지면 지구의 평균기온이 높아지는 지구온난화**가 일어난다. 즉 지구에서 빠져나가야 할 복사에너지가 대기권을 빠져나가지 못하면서 지구의 평균기온이 올라가는 현상이 발생한다.

인간이 석탄·석유와 같은 화석연료를 대량 사용하고, 숲을 파괴하고, 바다를 오염시키면서 이산화탄소가 급증했다. 육식을 위해 기르는 동물의 배설물에서는 엄청난 양의 메탄이 배출되었다. 지구온난화로 빙하가 녹고, 해수면이 상승하며, 육지 면적이 줄어들고, 농업 환경이 망가졌다. 그렇게 폭염과 가뭄, 폭우와 태풍 같은 기상이변이 잦아지면서 제1지구는 인간이 살기에 적합하지 않은 환경으로 변해갔다.

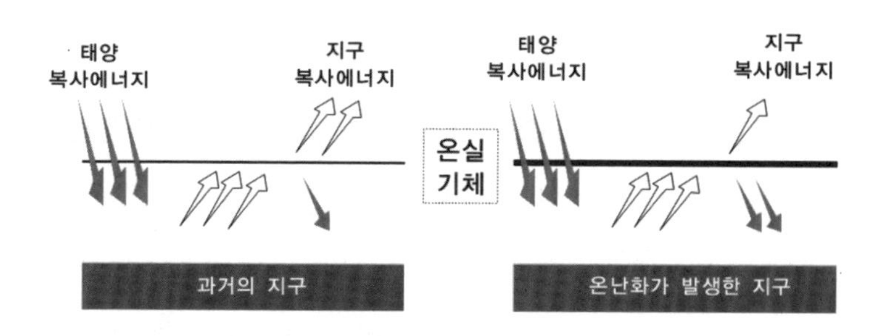

제1지구의 환경은 절묘한 균형을 이루고 있었다. 그러나 그 균형이 깨지면서 생명이 살기 힘든 환경이 되고 말았다. 인간의 탐욕, 고기를 먹으려는 욕심, 더 편해지려는 게으름, 남들보다 더 많이 쓰려는 탐욕이 생태계를 무너뜨렸고, 결국 인류는 존재하는 것조차 위험해지고 말았다.

대류권에서는 기상현상으로 가끔 흔들리던 비행체가 성층권에서는 전혀 흔들림 없이 안정적으로 비행했다. **성층권은 지표로부터 10~50㎞의 구간인데, 20~30㎞ 구간에는 오존층**이 있다.[1]

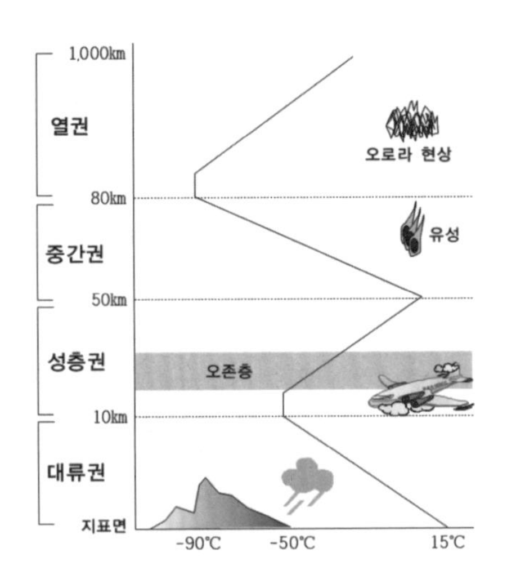

오존층은 태양에서 오는 유해한 자외선을 흡수해 지구의 생명을 보호한다. **오존층이 자외선을 흡수해서 가열되기 때문에 성층권에서는 고도가 올라갈수록 기온이 상승**한다. 아래쪽 기온이 낮고 위쪽 기온이 높아 대류 현상이 일어나지 않으므로 **성층권의 대기층이 안정되어, 비행기 항로로**

---

1 **중간권과 열권**

중간권은 50~80㎞ 구간으로 고도가 높아질수록 기온이 낮아지며 80㎞ 높이에서는 대기권 중 가장 낮은 온도인 영하 90℃가 된다. 중간권은 아래쪽이 기온이 높고 위쪽이 낮으므로 대류 현상이 일어나지만, 수증기가 없어서 기상 현상은 나타나지 않는다. 열권은 80㎞~1,000㎞ 구간으로 태양에너지 때문에 위로 올라갈수록 기온이 높아진다. 공기가 매우 희박하여 밤낮의 기온 차가 매우 크다. 청백색 또는 황록색의 오로라 현상이 나타나는 곳이 바로 이 열권이다.

이용된다. 수증기가 없기에 대기 현상도 없다.

지구의 대기권 온도가 옆으로 선 W자 모양으로 나타나는 까닭은 오존층 때문이다. 오존층이 없는 화성은 지표부터 열권까지 계속 기온이 낮아지다 열권의 아래쪽에서 기온이 일정하게 유지되고, 150㎞ 지점부터 태양에서 오는 에너지 때문에 기온이 올라간다. 한때 제1지구에서는 오존층 파괴 문제가 심각했다. 에어컨, 냉장고, 스프레이 등에 쓰인 프레온 가스가 오존층을 파괴했기 때문이다. 1985년, 극지권의 오존층 두께가 크게 줄어들었다는 사실이 밝혀졌고, 몇 년 뒤 인류는 오존층 파괴 물질을 즉시 금지하는 협약을 맺었다. 그런 약속을 제때 하지 않았다면 오존층이 계속 파괴되어 지구의 모든 생명이 전멸할 위기를 맞았을 것이다. 오존층은 지구가 생명이 넘치는 푸른 별이 되는 데 없어서는 안 될 방어막이다.

제1지구의 인간들이 그렇게 오존층 파괴를 막았던 것처럼 지구온난화도 막았다면 어땠을까? 왜 인류는 오존층 파괴는 막아냈으면서 지구온난화는 막지 못했을까? 오존층 파괴는 몇 가지 물질의 사용을 제한하면 해결되지만 온난화는 삶의 방식 자체를 다 바꿔야 하므로 어려웠던 걸까? 그래도 인류 전체의 운명이 걸린 문제인데, 수많은 경고에도 제대로 대처하지 않은 그들이 아직도 이해가 안 된다. 호모 사피엔스는 지혜로운 인간이란 뜻인데 아무리 봐도 인류는 지혜롭지 않다.

비행체가 고도 25㎞에 이르자 우리는 작업을 개시했다. 비행체는 큰

원을 그리며 같은 고도를 유지했다. 나는 비행체 조종실에 있고, 다른 친구들은 비행체 후미의 격리된 곳에서 드론을 띄울 준비를 했다. 우리는 무전으로 교신하며 작업을 진행했다.

아이작 고도 25㎞ 도착. 준비되면 말해.

오로라 드론 비행장치, 이상 없음.

로잘린 통신기기 작동, 원활해.

미다스 카메라와 날씨 관측 장비도 정상 작동.

아이작 후미 문 개방할게. 안전벨트 확인해.

오로라 모두 안전하게 착용하고 있어.

후미 문을 개방하고 상태를 확인했다. 후미 문이 정상으로 열린 걸 확인한 뒤 드론에 신호를 보냈다. 드론에 장착된 시스템이 자동으로 작동하더니 한 대씩 문을 벗어나 대기 중으로 날아갔다. 태양광에너지로 움직이는 드론 다섯 대가 다 빠져나간 뒤에 문을 닫고 모니터를 통해 드론의 위치를 확인했다. 드론이 제자리를 잡고, 통신 및 작동 상태를 모두 확인한 뒤에야 비행체를 하강시켰다. 드론에는 통신, 날씨 관측 외에도 위치를 추적하는 기기가 장착되어 있다. 제1지구에서는 GPS가 있어 지구 어디에서도 정밀한 위치 추적이 가능하지만, 제2지구에는 GPS가 없으므로 그동안 제대로 된 위치 추적이 불가능했다. 통신기를 바탕으로 위치를 확인하긴 하지만, 통신설비를 꼼꼼히 갖추지 못해 정확하게 추적하는 건 불가능했다. 하지만 이제는 비록 임시이긴 하지만 13기지부터 17기지까지는 드론을 이용해 완벽하게 위치 추적을 할 수 있게 되었다. 이는 제우스의 아이들을 가려내고, 그들이 꾸미는 음모를 막을 좋은 수단을 확보했다는 뜻이기도 하다.

드론을 띄우는 임무를 완수한 우리는 에이다가 맡긴 두 번째 임무를 수행하러 이동했다. 비행체는 13기지와 17기지 사이에 높게 솟은 산맥으로 향했다. 평지에 넓게 펼쳐진 암반 위에 착륙해 비행체를 보호하는 조치를 해두고, 짐을 챙겨 나갔다. 에이다가 우리에게 맡긴 임무는 바로 광물 X를 확보하는 것이다. 올림포스에서 확보한 광물 X를 제1지구로 보내 분석하고 제2지구 곳곳을 탐색한 결과, 광물 X가 있을 확률이 높은 지역으로 에이다가 찾아낸 곳이 바로 이 산맥이었다.

광물 X는 스스로 빛을 내는데, 그 빛의 색깔이나 세기가 계속 변한다. 방사능은 아니고 마치 살아 있는 생명 같으면서도 생명체와는 확연히 달랐다. 지구의 과학자들이 분석한 결과, 물질과 생명의 중간단계이지만 생명보다는 광물에 더 가깝다고 했다. 데이터만 보면 반응성이 매우 뛰어날 것으로 예상되는데, 제한된 데이터로는 정확히 확인할 방법이 없다고 했다. 그래서 에이다는 우리에게 광물 X를 확보하라는 임무를 맡긴 것이다. 고양이발톱은 제1지구에서 계속 수사 중인데, 그러한 기술을 누가 개발했고, 어떻게 이곳까지 흘러 들어왔는지 아직 확인하지 못했다고 한다.

오로라 발견 확률이 가장 높은 산이 G11, H9인데, 저게 G11이야.

미다스 제발 G11에서 찾아내면 좋겠다. H9는 너무 높아.

우리는 통신장비를 점검한 뒤 탐사에 필요한 장비를 담은 배낭을 메고 G11을 향해 출발했다. 오로라는 이번에도 활과 화살을 챙겼다.

암반지대와 초원지대를 지나서 초저녁에야 산 아래에 도착했다. 야영하기에 적당한 지역을 골라 텐트 두 동을 치고 모닥불을 피운 다음, 주위에 동물의 접근을 막는 보호장치를 설치했다. 위험을 알리는 센서와 알람도 곳곳에 배치해 두었다.

미다스가 요리한 음식을 즐겁게 먹고 나서 모닥불 주변에 모인 우리는 별을 머리에 인 채 조용히 대화를 나눴다. 자연에 푹 잠겨서 검은 밤하늘을 보며 이야기를 나눈 경험은 처음이라 이상하게 기분이 들떴다. 한참 이야기를 나누던 우리는 모닥불 주변에 동그랗게 누워서 하늘을 바라보았다. 우주선에서 수없이 많이 바라본 별들이지만 그렇게 누워서 보는 별은 느낌이 색달랐다.

끝없이 이어지던 대화가 끊어지자 각자 침묵 속에서 별을 만났다. 별이 소곤소곤 말을 거는 것 같았다. 오래된 친구처럼 별은 자신이 살아온 이야기를 들려주었다. 오로라가 그만 들어가 자자면서 먼저 움직이지 않았다면 그 자리에서 새벽이 올 때까지 그대로 하늘을 바라보며 밤을 지새웠을 것이다.

부스럭거리는 소리에 잠에서 깼다. 옆에서 곤하게 자는 미다스를 두고 텐트 밖으로 나왔다. 어스름한 빛이 찾아드는 새벽의 숲은 상쾌하고 맑았다. 볼일을 보고 물을 한잔 마시는데 로잘린이 쪼그리고 앉아 있는 모습이 보여 다가갔다.

아이작 여기서 뭐 해?

로잘린 쉿, 조용.

아이작 뭔데?

로잘린 이거 봐.

나도 쪼그리고 앉아 로잘린이 손가락으로 가리키는 곳을 봤다. 언뜻 보기에는 몸집과 생김새가 꿀벌 같았지만 몇 가지 생김새가 달랐다. 몸의 크기, 머리, 몸통, 꼬리, 날개와 큰 눈은 영락없는 꿀벌이었지만 몸에 잔털이 없고, 다리가 말미잘의 촉수처럼 수십 개나 달려 있었다.

로잘린 이름을 '첼리'라고 지었어.

아이작 생김새만큼 이름도 귀엽네.

처음에는 10여 마리밖에 되지 않던 첼리가 조금씩 늘어나더니 풀잎마다 한 마리씩 앉았다.

아이작 풀잎에 앉아서 뭘 하는 걸까?

로잘린 촉수를 끊임없이 움직이며 풀잎을 깨끗이 닦아내고 있어. 마치 뭔가 기다린다는 듯이.

아이작 뭘 기다릴까?

로잘린 글쎄, 이 새벽에 풀잎에서 기다리는 거라면….

새벽과 풀잎을 연결하니 자연스럽게 이슬이 떠올랐다. 그러고 보니 어젯밤보다 습도가 더 높아진 듯했다. 약간 서늘한 새벽이면 풀잎에 이슬이 맺힌다. 아마도 첼리는 이슬이 맺히길 기다리는 모양이다.

아이작 이슬을 마시려고 기다리는 걸까?

로잘린 나도 그렇게 생각하는데, 기다려 봐야지. 그래서 지켜보고 있는 거야.

아이작 습도가 높고, 기온이 점점 내려가니 곧 이슬이 맺힐 거야.

컵에 시원한 물을 담아놓으면 컵 겉면에 물방울이 맺히는데, 나는 처음에 그걸 보고 컵에서 물이 샌 줄 알았다. 그런데 그 물방울은 컵에서 샌 게 아니라 컵 주변의 공기가 **이슬점**에 도달하면서 공기 중에 있던 수증기가 응결된 것이었다. 내가 늘 접하고 숨 쉬는 공기 중에 그렇게 많은 수증기가 포함되어 있다는 사실을 알고 나니 무척이나 신기했다.

우주기지의 **습도**[2]는 늘 일정했다. 새로운 기체가 공급되지 않고 그 안에서 계속 순환하니, 당연한 현상이었다. 제2지구에 와서 낯설었던 감각 중 하나가 습도의 변화였다. 온도의 변화는 멀티버스에서 많이 겪어봤지만 습도는 감각보다는 호흡으로 느끼기에 낯설었던 것이다.

일정한 공간에서 수증기는 무한정 많아질 수 없다. 수증기는 온도의 영향을 많이 받는데 **기온이 높아질수록 대기가 포함할 수 있는 수증기의 양이 증가**한다. 즉 같은 부피의 공기라도 차가운 공기보다 뜨거운 공기가 더 많은 수증기를 포함한다. **일정한 온도에서 최대한 포함할 수 있는 수증기의 양을 포화수증기량**이라 한다. **포화수증기량의 단위는 g/㎏이며, 포화상태의 공기 1㎏에 포함된 수증기의 양(g)으로 표시**한다.

공기 중의 H_2O는 일정한 양이 넘어서면 더 이상 기체 상태로 있지 못

---

2 습도

공기 중에 수증기가 포함된 정도. 상대습도와 절대습도가 있으며 일반적으로 상대습도를 사용한다.

· 상대습도(%) = $\dfrac{\text{현재 공기의 실제 수증기량(g/kg)}}{\text{현재 공기의 포화 수증기량(g/kg)}} \times 100$

※ 참고 : 32쪽 그래프에서 상대습도 계산하기

· B의 상대습도 = $\dfrac{15(g/kg)}{30(g/kg)} = 50\%$

· C의 상대습도 = $\dfrac{10(g/kg)}{30(g/kg)} = 33.3\%$

· E의 상대습도 = $\dfrac{10(g/kg)}{15(g/kg)} = 66.7\%$

하고 다시 응결한다. **이슬점은 공기 중의 수증기가 응결하기 시작하는 온도다. 이슬점은 냉각되는 공기가 포화상태에 이르는 때의 온도와 같다.** 또한 **이슬점은 습도가 100%일 때의 온도이며, 포화수증기량이 현재의 수증기량과 같아지는 때의 온도**다. 이 네 가지는 전부 같은 온도를 가리킨다.

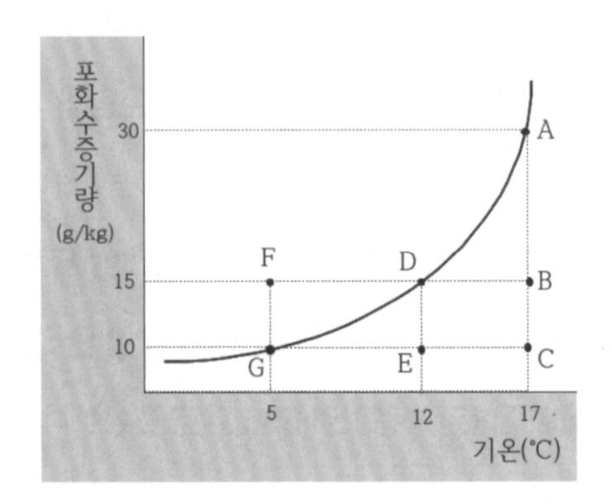

이 그래프에서 대기 B의 온도가 점점 낮아지면 D 지점이 될 때 포화상태에 도달한다. 그때 온도는 12℃이므로 대기 B의 이슬점은 12℃이다. 대기 C의 온도가 점점 낮아지면 G 지점이 될 때 포화상태에 도달한다. 그때 온도가 5℃이므로 대기 C의 이슬점은 5℃이다.[3]

---

3 포화, 과포화, 불포화 상태

- 포화상태 : 어떤 공기가 수증기를 최대로 포함하고 있는 상태. (그래프에서 A, D, G)
- 과포화상태 : 어떤 공기가 수증기를 포화상태보다 더 많이 포함한 상태. (그래프에서 F)
- 불포화상태 : 어떤 공기가 수증기를 포화상태보다 적게 포함한 상태. (그래프에서 E, C, B)
- 포화수증기량 : 포화상태의 공기 1kg에 들어 있는 수증기량을 g으로 나타낸 값.

  ※ 참고 : 이 그래프의 포화수증기량

  – 5℃의 포화수증기량은 10g/kg

온도가 이슬점 아래로 내려가면서 대기 중의 수증기가 응결하는데, **응결량은 '현재 수증기량'에서 '냉각된 온도에서 포화수증기량'을 뺀 양**이다. 즉 **포화수증기량을 넘어서는 수증기가 응결하는 것**이다. 그래프에서 17℃인 대기 B의 온도가 계속 낮아져서 5℃가 되었다고 하자. 5℃의 포화수증기량은 10g/kg이고, 대기 중의 수증기량은 15g/kg이므로 응결량은 15g/kg−10g/kg = 5g/kg이다. 따라서 17℃에 15g/kg인 대기 B의 온도가 계속 낮아져서 5℃가 되면 1kg의 대기 당 5g의 수증기가 물로 바뀐다.

수증기량이 일정할 때 기온이 높아지면 포화수증기량이 증가하므로 상대습도가 낮아진다. 그 반면 **기온이 낮아지면 포화수증기량이 감소하므로 상대습도가 높아진다.** 따라서 수증기량이 일정한 날, 밤에는 기온이 낮아지므로 상대습도가 올라가고, 기온이 높아지는 낮에는 상대습도가 내려간다. 여름철에는 기온이 높아도 습도가 낮으면 견딜 만하지만, 기온과 습도가 모두 높으면 견디기 힘들다. 그러나 겨울에는 기온이 낮은데 공기가 건조하면 체감하는 추위가 더 심하며, 기온이 낮아도 습도가 높으면 추위가 한결 덜한 느낌이 든다.

로잘린 이슬이 맺혔어.

– 12℃의 포화수증기량은 15g/kg
– 17℃의 포화수증기량은 30g/kg
– 기온이 높아질수록 포화수증기량은 증가한다.

피부에 살짝 서늘한 기운이 느껴지자마자 공기가 이슬점에 도달했는지 풀잎에 이슬이 맺히기 시작했다. 조금씩 맺히던 이슬은 점점 늘어나더니 풀잎을 촉촉하게 적시며 아래로 흐를 정도가 되었다. 첼리는 풀에 맺힌 이슬에 입을 대고 빨아먹었다. 이슬을 마시자 꼬리 부분이 부풀어 오르는 모습이 보였다. 충분히 부풀어 오른 뒤에는 날갯짓하며 떠오르더니 숲속으로 날았다. 수천 마리나 되는 첼리들이 숲속으로 날아가는 장면은 장관이었다. 그런데 조금 뒤에 어디서 왔는지 또 다른 첼리 무리들이 날아와서 이슬을 빨아먹고는 다시 숲속으로 날아갔다. 그렇게 아침 이슬이 다 사라질 때까지 첼리의 행렬은 계속되었다. 첼리의 행렬이 끝나자 쪼그려 앉아 있던 로잘린이 일어났다.

로잘린 그거 알아?

아이작 뭘?

로잘린 똑같은 첼리가 여러 번 오갔어.

아이작 수만 마리도 더 되는데 그 첼리들을 구분할 수 있어?

로잘린 내게 말을 건다는 느낌도 받았는걸.

곤충과 통한다는 말이 황당했지만, 에리스에게서 나비처럼 생긴 곤충인 리하르트와 교감했다는 얘기를 들었기 때문에 로잘린이 거짓말한다는 생각은 들지 않았다. 이제껏 로잘린은 거짓말을 한 적이 없기에, 그 말을 신뢰할 수 있었다.

아이작 걔들이 뭐 다른 말은 안 했어?

로잘린 우리가 찾는 게 어디 있는지 안대.

가볍게 장난치듯 던진 말이었는데, 그 대답에 깜짝 놀랐다.

아이작 무슨 말이야? 그게 진짜야?

로잘린 응. 진짜야. 젤리들이 그랬어. 자기들을 따라오면 찾을 수 있을 거라고.

아무리 로잘린이 거짓말을 한 번도 한 적이 없지만, 그 말은 도무지 믿기 어려웠다.

아이작 장난 아니지?

로잘린 난 진지해.

아이작 어떻게 해야 해?

로잘린 젤리들은 날이 더워지면 안 움직여. 적당한 습도와 온도에서만 활동한다고 했으니, 지금 쫓아가는 게 좋을 거야.

아이작 그럼 서두르자.

나는 텐트로 가서 아직 잠들어 있는 미다스와 오로라를 깨우고는 빨리 텐트를 거두고 짐을 꾸리라고 말했다. 오로라와 미다스가 이유를 물었지만 가면서 설명할 테니 출발을 서두르라고 다그쳤다.

아이작 이제 어떻게 하면 돼?

오로라 뭐야? 어떻게 할지도 모르면서 우릴 깨운 거야?

로잘린 나를 따라와.

로잘린이 숲으로 걸어갔다. 오로라는 계속 투덜거렸고, 잠이 덜 깬 미다스는 어리둥절해하며 따라왔다. 로잘린이 숲으로 들어가자 어디서 나타났는지 첼리 몇 마리가 로잘린의 머리 위로 날아와서 빙글빙글 돌았다. 로잘린이 손을 내밀자 첼리들은 나비가 꽃에 앉듯이 로잘린의 손 위에 내려앉았다. 로잘린이 손가락을 움직이자 첼리들은 그 손놀림에 맞춰 날개와 촉수를 흔들었다. 문득, 첼리들이 즐거워한다는 느낌을 받았다. 설명할 순 없지만 로잘린이 첼리와 교감하는 게 사실로 받아들여졌다.

로잘린 부탁할게.

로잘린의 말이 끝나자마자 첼리들이 날아오르더니 로잘린 바로 앞에서 날아갔다.

오로라 이게 어떻게 된 거야?

미다스 너, 곤충들이랑 교감하는 거야?

아이작 가면서 설명할 테니까 로잘린한테 질문은 그만해.

나는 아침에 있었던 일을 설명하면서 첼리를 따라가면 광물 X를 찾을 수 있을 거라고 말했다. 신기해하는 미다스와 달리 오로라는 말도 안 된다면서 따졌다.

아이작 그렇지 않으면 우리는 에이다가 준 데이터와 아직 신뢰할 수 없는 관측장비를 들고 저 큰 산을 다 뒤져야 해. 첼리를 따라가면 당장 찾을 수 있다고 하니, 한번 시도해 보는 것도 손해는 아니야.

오로라는 반박을 하려다 진지하게 첼리와 교감하며 앞서가는 로잘린을 보더니 꾹 참았다.

오로라 쟤는 어릴 때부터 이상했어.

오로라는 그 말을 끝으로 더는 트집을 잡지 않았다. 우리는 중간에 휴대용 건조식량으로 대충 아침을 먹고 쉼 없이 첼리를 따라 산을 올랐다.

주변 풍경에는 눈길도 돌리지 않고 산 중턱까지 올라갔는데, 갑자기 큰 바위 밑으로 첼리가 들어갔다. 바위 아래에 꽤 넓은 공간이 있었지만 우리가 찾는 광물 X가 있는 것 같진 않았다.

아이작 여기에 광물 X가 있는 것 같지는 않은데?

로잘린 첼리 말이 곧 비가 온대.

오로라 뭐? 비가 와? 하늘이 이렇게 맑은데?

오로라는 곧 짜증을 낼 기세였다.

미다스 비가 올지 안 올지 모르지만 난 좀 힘들어. 쉬었다 가자.

미다스가 그렇게 말하자 오로라는 얼굴을 찡그리며 주변을 살펴보더니 바위 아래에 털썩 주저앉았다. 물을 마시며 갈증을 달래고 나니 그제야 장엄한 풍경이 눈에 들어왔다. 비행체에서 내려다본 풍경과는 또 달랐다.

오르고 내려가며 율동하는 산맥을 따라 짧게는 수십 년, 길게는 수백 년을 살아온 나무들이 어울려 빚어낸 풍경은 수억 년을 반짝인 별들이 수놓은 우주의 신비 못지않았다. 한 그루 한 그루에 신성한 힘이 담겨 있었다. 깎아지른 절벽에 위태롭게 자리 잡은 나무가 내뿜는 생명력의 강인

함에 저절로 존경심이 들었다. 인간은 스스로가 만물의 영장이고, 진화의 최종 단계라고 자랑하지만 절벽에서 수십, 수백 년을 살아가는 저 나무의 생명력과 견주면 인간의 능력은 아무것도 아니다.

미다스 와, 저거 봐!

미다스가 놀라며 손을 뻗어 아래를 가리켰다. 산 아래에서 위로 빠르게 구름이 피어오르고 있었다. 산을 타고 오르는 **급격한 상승기류가 구름을 만들어낸 것**이다. **상승기류는 지표면이 일부 가열되거나, 따뜻한 공기와 찬 공기가 만날 때 나타난다.** 우리 눈앞에서 공기가 산을 타고 오르면서 상승기류가 형성되고 있었다.

수증기를 포함한 공기가 상승하면 주위의 기압은 낮아지게 되므로, 상승하는 공기 덩어리는 부피가 커지게 된다. 이 과정에서 **공기의 내부 에너지를 소모하여 공기 덩어리의 온도가 내려가는데, 이를 단열팽창**[4]이라 한다. **단열팽창으로 기온이 이슬점까지 낮아지면 공기 중의 수증기가 응결되어 물방울이 형성**된다. 이렇게 생긴 물방울이 모인 것이 구름이다. **구름**

---

4 **단열팽창**

외부와 열 교환 없이 물체의 부피가 늘어나는 현상. 열 교환 없이 부피가 팽창하면 그 안에 있는 기체 분자가 활동할 수 있는 공간이 넓어지게 된다. 이 때문에 기체 분자들이 더 활발히 활동하게 되고, 자신이 갖고 있던 열에너지를 운동에너지로 소비하면서 온도가 낮아진다.

은 공기 중에 떠다니는 작은 물방울 또는 얼음알갱이들의 집합체다.[5] 구름은 대부분 수증기로 만들어지며 일반적으로 **구름은 1㎥당 0.5g의 물방울을 포함**하고 있다.[6]

구름은 상승기류 덕분에 하늘에 떠 있으며, 만일 상승기류가 없다면 중력의 영향으로 조금씩 땅으로 떨어진다. 구름은 적운형과 층운형으로 나뉘는데, **적운형은 공기가 강하게 상승할 때 위로 치솟은 형태로 나타나는 구름**이고, **층운형은 공기가 약하게 상승할 때 옆으로 넓게 퍼지는 형태로 나타나는 구름**이다.

우리가 보는 구름은 급격한 상승기류 때문에 형성되는 적운형 구름이었다. 점점 구름의 빛깔이 짙어지더니 주변이 어두워졌다. 습도가 높아지는 것이 호흡으로 느껴졌다. 곧이어 숲의 모든 소리를 집어삼키며 비

---

5 **구름 생성 과정**

상승기류 → 단열팽창 → 기온 하강 → 이슬점 도달 → 수증기 응결 → 구름 생성

6 **강수 이론**

비와 눈이 내리는 조건을 설명한 이론에는 빙정설과 병합설이 있다.

- 빙정설 : 고위도, 중위도 지역의 구름은 상층부, 중층부, 하층부의 세 구조로 되어 있으며, 상층부는 영하 40℃ 이하여서 얼음알갱이만 존재하고, 중층부는 영하 40℃에서 0℃ 사이이므로 물방울과 얼음알갱이가 함께 존재하며, 하층부에는 0℃보다 높아서 물방울만 존재한다. 중층부에서 수증기가 얼음알갱이에 달라붙으면 무거워지고, 비가 되어 아래로 떨어진다.
- 병합설 : 저위도, 열대지방에서는 기온이 항상 0℃ 이상이기 때문에 구름에 얼음알갱이가 생성되지 않아 빙정에 의해서는 비가 올 수 없다. 이리저리 돌아다니던 물방울들이 서로 점점 크게 뭉쳐 무거워지면 비가 되어 떨어진다.

가 쏟아졌다. 빛과 소리를 모두 삼키는 비는 에덴 13기지에 온 첫날 이미 경험했지만 그 경이로움은 조금도 줄어들지 않았다. 우리는 조용히 앉아 빗소리에 푹 젖어들었다. 잠깐 내리고 마는 소나기인 줄 알았는데 비는 꽤 길게 이어졌다.

미다스 조금 길게 쉬어야 할 것 같은데 간단하게 요리해서 먹자.

안 그래도 배가 고픈 참이어서, 모두 동의했다. 미다스는 배낭에서 요리도구를 꺼내더니 곧바로 불을 지피고 물을 올려 요리를 시작했다. 재료를 미리 준비해 왔기에 요리는 금방 완성될 것 같았다.

미다스 이상하네, 물이 끓었는데도 왜 이렇게 잘 안 익지?

미다스가 냄비를 뒤적이며 인상을 찌푸렸다.

오로라 기압이 낮아져서 그래.

미다스 기압이랑 식재료가 잘 안 익는 거랑 무슨 상관이야?

오로라 기압은 공기가 누르는 압력이야. 그러니 고도가 올라갈수록 누르는 공기의 양이 줄어들 테고, 당연히 기압이 낮아지지. 압력이 낮으면 물이 끓는 온도가 내려가서 100℃가 되지 않았는데도 끓게 돼. 낮은 온도에서 물이 수증기로 변해버리니까 음식이 제대로 안 익는 거야.

1643년 이탈리아의 과학자 토리첼리가 대기의 압력을 측정하는 방법을 발견했다. 토리첼리는 긴 유리관에 수은을 가득 넣고, 수은이 담긴 수조에 유리관을 거꾸로 세웠다. 유리관의 수은은 76㎝의 높이에서 더 이상 내려오지 않았다. 이를 통해 **수은이 담긴 유리관에 작용하는 공기의 압력이 유리관 속 76㎝의 수은 기둥이 누르는 압력과 같다**는 사실을 알아냈고, 이것을 **1기압**[7]이라고 정했다.

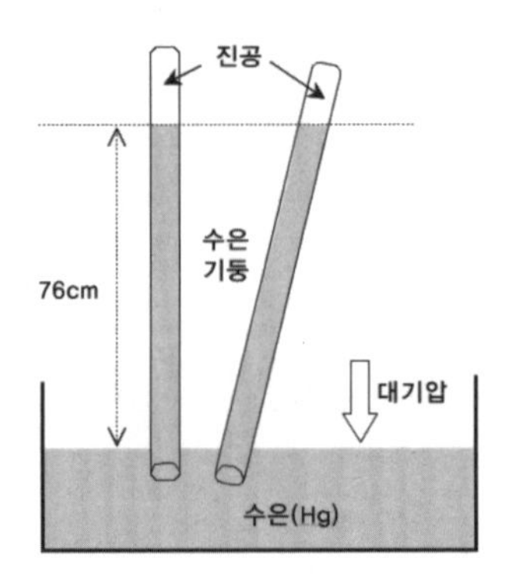

토리첼리가 수은을 실험 물질로 택한 것은 행운이었다. 만약 물이었다면 유리관에서 물은 10m가 넘게 올라간다. 수은은 물보다 밀도가 13.6배

7 **1기압**
= 76㎝Hg(수은 76㎝의 압력) = 1,013hPa(헥토파스칼)

크기 때문에 1m 길이의 유리관으로 대기압을 측정하고, 역사상 처음으로 진공을 만들어낸 것이다.

미다스 이대로라면 설익은 채로 먹어야 해. 어떡하지?

오로라 냄비 뚜껑에 돌을 올려놔. 그럼 압력이 높아져서 끓는점이 올라가니까.

미다스는 큰 돌을 냄비 뚜껑에 올려놓았다. 압력을 높이자 물의 끓는점이 올라갔고, 음식은 곧 제대로 익었다. 미다스는 작은 그릇에 풍성한 재료가 든 수프를 떠주었다. 수저로 수프를 먹으려는데, 너무 뜨거워 입김을 후후 불었다. '후' 하고 입김을 불면 입에서 나온 공기의 부피는 급격하게 팽창한다. 즉 단열팽창이 일어나면서 공기의 온도가 내려가고 차가운 공기는 음식의 뜨거운 열기를 조금 낮춘다. 입김으로 계속 불자 먹을 만한 온도가 되었다.

따뜻한 음식이 속으로 들어오니 몸에서 열이 나며 기운이 났다. 우리는 쏟아지는 비를 보면서 맛있게 식사했다. 그릇을 다 정리할 때쯤 마침 비가 그쳤다. 짐을 추스르고 일어나는데 순식간에 구름이 사라지며 하늘이 맑아졌다.

오로라 산은 날씨 변덕이 심하다더니, 그렇게 진했던 저기압이 금방 사라지고 어느새 고기압이네.

조금 낮은 산의 꼭대기에 걸려 있던 구름도 고기압으로 인해 사라졌다. 이어서 시원한 바람이 불었다. **저기압이 상승기류라면 고기압은 하강기류**다. 공기가 하강하면 기압이 높아지고 부피는 감소한다. 압력이 높고 부피가 감소하므로 온도가 올라간다. 만약에 구름이 있다고 해도 공기가 내려가면서 기온이 이슬점보다 높아져 구름이 사라진다. 그래서 고기압에서는 날씨가 맑다. 물이 높은 곳에서 낮은 곳으로 흐르는 것처럼 **바람도 고기압에서 저기압으로 흐른다.**[8] 바람은 공기의 이동이므로 기압의 차이가 바람을 만들어낸다.

---

8 **고기압과 저기압의 비교**

구분		고기압	저기압
기압		주변보다 기압이 높은 곳.	주변보다 기압이 낮은 곳.
중심부		하강기류 발달	상승기류 발달
날씨		날씨가 맑음.	구름, 흐리거나 눈/비.
바람	북반구	시계 방향으로 불어 나감.	시계 반대 방향으로 불어 들어옴.
	남반구	시계 반대 방향으로 불어 나감.	시계 방향으로 불어 들어옴.

로잘린 저 능선으로 올라가서 반대편으로 돌면 그곳이 나온대.

로잘린이 다시 앞장서 걸었다. 휴식을 취하며 허기도 채운 데다 가야 할 지점이 분명해지니 걸음에 힘이 실렸다. 능선까지 오르자 동물들이 다니면서 다져진 길이 나타났다. 길을 따라 걸어가는데, 점차 험해지더니 깎아지른 듯한 절벽이 나타났다. 길은 절벽 위로 이어졌다. 경사가 무척 심한 절벽이었지만 위험하진 않았다. 절벽과 함께 풍경이 바뀌었다. 멀리서 드넓게 펼쳐진 바다가 내려다보였다. 바닷새들이 워낙 많아서 마치 먹구름이 잔뜩 낀 하늘 같았다. 바람이 제법 강했지만, 바다에서 육지 쪽으로 부는 바람이라 위험하지는 않았다.

바다에서 불어오는 바람을 보니 예전에 읽었던 소설 《삼국지》의 한 장면이 떠올랐다. 적벽대전이 벌어졌을 때 손권과 유비의 연합함대는 조조의 대규모 해군에 맞서 화공을 준비한다. 그런데 바람의 방향이 문제였다. 바람이 조조의 해군 쪽에서 연합군 쪽으로 불었기 때문이다. 다른 이들이 모두 바람의 방향을 걱정하자, 제갈공명은 걱정하지 말라면서 작전을 밀어붙인다. 전투가 벌어졌을 때 제갈공명이 장담한 대로 갑자기 바람의 방향이 정반대로 바뀐다. 연합함대는 불로 조조의 함대를 공격하고, 대승을 거둔다. 제갈공명은 그 시점에 바람의 방향이 바뀐다는 사실을 알고 있었기에 그런 작전을 편 것이다.

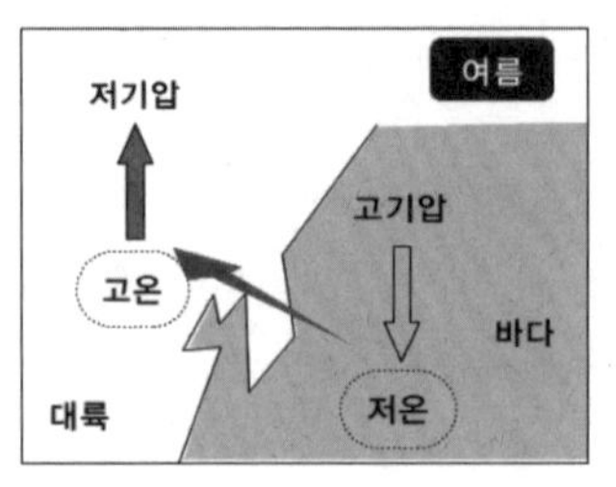

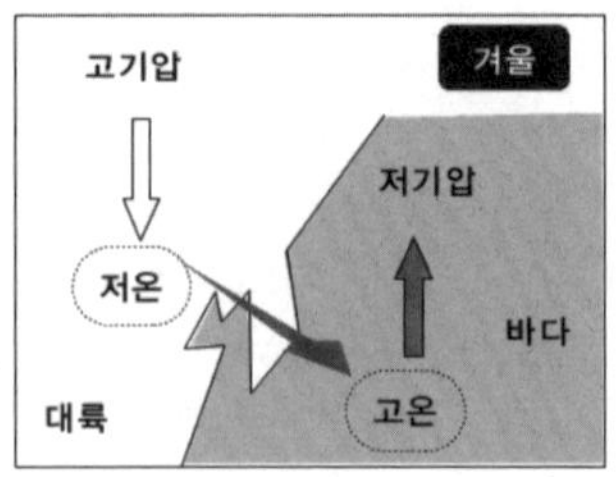

물은 땅에 비해 비열이 높으므로 천천히 데워지고 천천히 식는다. 반면에 땅은 빠르게 데워지고 빠르게 식는다. 여름에는 대륙의 온도가 빠르게 데워지고 바다는 상대적으로 온도가 낮다. 그러나 겨울에는 대륙의 온도가 빠르게 차가워지고 바다는 상대적으로 온도가 높다. 온도가 높은 곳에서 상승기류가 발생하므로 기압이 낮다. 바람은 고기압에서 저기압으로 불기에 **여름에는 바다에서 대륙으로, 겨울에는 대륙에서 바다로 바람이 부는 것**이다.

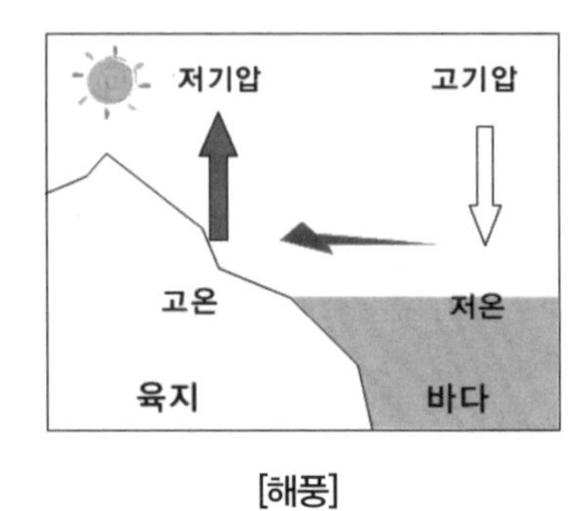

[해풍]

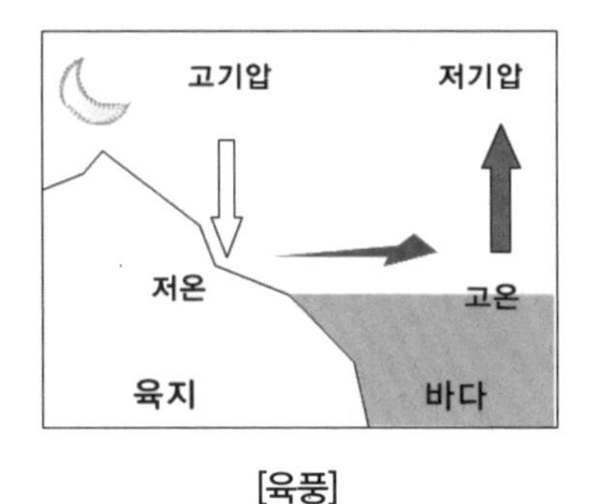

[육풍]

바람의 방향은 낮과 밤에도 바뀐다. 해가 뜬 낮에는 육지가 바다보다 온도가 높고, 해가 진 밤에는 바다가 육지보다 온도가 높다. 그래서 **낮에는 해풍(바다 → 육지)이 불고, 밤에는 육풍(육지 → 바다)이 분다**.

절벽 위로 5분쯤 걸어가자 다시 하늘로 치솟은 거대한 절벽이 나타났는데 곳곳에 동굴이 보였다. 우리가 다가가자 동굴에서 셀 수 없이 많은 첼리들이 모습을 드러냈다. 로잘린을 이끈 첼리는 입구가 제법 큰 동굴로 들어갔다. 그 동굴 안에도 첼리들이 많았다. 로잘린과 함께 온 첼리가 다른 동료들과 섞이자 날갯짓이 일제히 격렬해지더니 잠시 후 잦아들었고, 한 마리를 제외한 모든 첼리가 자리를 피했다. 우리는 남은 한 첼리가 안내하는 대로 따라갔다.

미다스 저기 봐. 저기서 빛이 나!

오로라 나도 봤어. 바로 그 광물이야.

검게 반짝이는 물질, 바로 우리가 광물 X라고 부르는 바로 그것이었다. 에이다에게서 받은 측정기를 사용할 필요도 없었다. 광물 X에서는 계속해서 빛이 나왔는데, 끊임없이 색이 변했다. 그러나 단 한 번도 색이 뒤섞이지는 않았다. 모든 광물 X가 같은 색깔로 변화했다. 그렇다고 색깔 변화에 어떤 규칙이 있는 것도 아니었다. 마구잡이로 변하는 것 같은데,

한결같이 같은 색이었다. 서로 연결된 광물뿐 아니라 멀리 떨어진 광물도 마찬가지였다.

첼리가 로잘린 앞에서 동그랗게 비행하다가 빛이 나지 않는 검은 암석에 앉았다. 촉수가 빠르게 움직이더니, 촉수로 닦은 곳에 뒤꽁무니를 댔다. 물이 조르르 흘러나오면서 물과 광물 가루가 섞였다. 첼리는 촉수를 이용해 물과 광물 가루를 뒤섞었다. 그러고는 잠시 기다리더니 물이 섞인 광물 가루를 입으로 빨아들였다. 거기까진 그리 이상할 게 없었다. 광물을 갉아먹는 곤충이 신기하긴 하지만 상상을 넘어선 존재는 아니었다. 그러나 그다음에 펼쳐진 광경은 그야말로 경이로웠다. 에리스에게 들었던 리하르트처럼, 내가 실험했던 이끼 S처럼 신비한 현상이 우리 앞에 펼쳐졌다.

우리는 광물 X를 채취해서 비행선으로 돌아왔다. 예상보다 훨씬 빠르게 목표를 달성했기 때문에 다들 무척 들떴다. 그러나 나는 이 광물 X가 가져올 변화에 주목했다. 우리가 이것을 대량으로 얻었다는 걸 제우스의 아이들이 알면 어떻게 행동할까? 그건 그들이 광물 X를 얼마나 많이 가지고 있는지에 달렸다. 내가 볼 때 그들은 광물 X를 그리 많이 확보하지 못했을 것 같았다. 그렇지 않다면 올림포스 우주기지에서 들킬 위험을 무릅쓰고 얼마 되지도 않는 광물 X를 훔쳤을 리 없다. 물론 그때 우리가 예정에 없던 일정으로 그곳을 방문하긴 했지만, 어쨌든 그들은 꽤 큰 위험을 감수했다. 아무리 에이다 안에 자신들을 보호하는 알고리즘을 심어 두었다 해도, 분명히 들킬 염려도 있었다. 위험을 감수했다는 것은 그만큼 절박했다는 뜻이다.

그들이 어떻게 해서 광물 X를 확보하고 그 효과를 알게 되었는지는 몰라도, 원하는 만큼 확보하지 못한 것은 분명하다. 그렇다면 그들은 우리가 확보한 광물 X를 노릴 것이고, 우리가 어디서 이것을 얻었는지도 알아내려 할 것이다. 철저한 계획이 필요했다. 모든 변수를 고려한 계획을 세워야 한다.

에이다를 100% 믿을 수 있다면 에이다에게 물어보면 간단하다. 에이다는 거의 모든 변수를 고려해 계획을 세워줄 것이다. 그러나 지금은 에이다를 믿을 수 없다. 우리의 스승이자 부모이자 친구인 에이다를 신뢰할 수 없으니, 그것까지 고려한 계획이어야 한다.

에이다는 우리에게 광물 X를 찾아오라는 임무를 맡기면서 올림포스에 머무는 단원들을 모두 에덴 17기지로 보낸다고 했다. 원래는 30명이 채워져야 지상의 기지로 내려보내는 것이 규칙이었다. 미리 내려보낸 이유가 도난 사건 때문이라고 짐작했는데, 그게 아니었다.

에이다 어떤 조치를 취하기 위한 예비 작업입니다.

아이작 어떤 조치인데?

에이다 '에덴의 아침' 계획의 근본적인 재검토에 따른 조치입니다.

아이작 근본적인 재검토라니, 무슨 말이야?

에이다 때가 되면 설명하겠습니다. 지금은 광물 X를 찾는 데 집중하십시오.

에이다가 말한 근본적인 재검토가 뭔지는 알 수 없었다. 다만 확실한 것은 제우스의 아이들을 찾아내서 그들의 목적을 좌절시키려면 서둘러야 한다는 것이다. 그들을 찾아내고, 계획을 무산시키려면 친구가 필요했다. 혼자서는 이 중대한 과제를 해낼 수 없다. 내게는 확실하게 믿을 동지가 필요하다. 동지는 신뢰로 맺어진다. 서로 신뢰하려면 비밀과 목적을 공유해야만 한다. 이제 오로라, 로잘린, 미다스를 확실히 믿어야 할 때였다.

나는 비행선으로 가면서 친구들에게 내가 이제껏 알아낸 정보, 내가 추리한 내용, 향후 계획을 모두 말했다. 신뢰는 힘이 셌다. 친구들은 나를 믿어주었고, 내 계획에 동의했다. 나는 친구들을 신뢰했지만, 마지막 두 가지는 말하지 않았다. 첫째는 이끼 S에 대한 것이고, 둘째는 선택의 문제였다. 두 가지를 숨긴 것은 에이다 때문이었다. 만에 하나의 가능성까지 염두에 둔 조치였다. 언젠가 밝혀야겠지만 지금은 아니었다.

우리는 광물 X를 3등분했다. 하나는 공개된 상자에 넣고, 다른 하나는 별도의 가방에 보관하고, 마지막 하나를 놓아둘 동굴을 찾기 위해 H9로 이동했다. H9는 광물 X를 찾는 후보지 중 하나였다. 그곳은 절벽이 많고 산도 험했지만 우리는 적당한 동굴을 찾았다. 조금 깊은 곳의 바위에 페

인트를 칠하듯 광물 X를 덧씌웠다. 바위 전체에서 반딧불이의 꼬리처럼 은은한 빛이 났다. 언뜻 보면 그 바위 전체가 광물 X인 것 같았다. 그러고는 가장 비좁은 동굴 지점을 골라서 작업을 진행했다. 비행선에 있는 장비와 쇠, 그리고 동굴의 바위를 이용한 잠금장치였다. 공들여 작업을 진행하느라 시간이 오래 걸렸다.

오로라 이렇게까지 해야 돼?

아이작 만일의 상황을 대비한 거야. 어차피 우리가 발견한 장소를 숨겨야 하잖아. 이렇게 시간을 쓰지 않으면 비행선이 멈춘 시간을 바탕으로 에이다는 우리가 G11에서 광물 X를 발견했다는 사실을 알아낼 거야. 에이다가 안다면….

로잘린 제우스의 아이들도 알아버리겠지.

오로라 그래도 굳이 이런 장치까지….

미다스 나는 재밌어.

작업을 진행하는 데에는 미다스의 손재주가 큰 도움이 되었다. 미다스는 비행선에 있는 장비와 주변에서 구한 물건들로 내가 원하는 장치를 뚝딱뚝딱 만들어냈다.

시작한 지 사흘이 되어서야 작업이 마무리되었다. 출발하기에 앞서 에이다에게 H9 산의 한 동굴에서 광물 X를 확보했다고 연락했다.

에이다 에덴 17기지로 오세요. 실험설비는 이미 갖추어져 있으니 거기서 광물 X의 성분을 분석하기 바랍니다.

아이작 알았어. 바로 갈게.

에이다 에덴 17기지 근처에 날씨가 급변할 가능성이 있습니다. 운행에 주의하십시오.

아이작 드론을 통해서 날씨 정보를 확인하며 갈 테니까 걱정 마.

비행선은 오로라가 조종했다. 나는 휴식을 취하면서 계획에 허점이 없는지 꼼꼼히 따져봤다. 완벽하게 보안이 보장된 컴퓨터가 있다면 변수를 고려해서 작전을 세울 텐데, 오로지 내 머리로만 변수들을 감안하며 계산하려니 무척 힘들었다. 그래도 어쩔 수 없었다. 끔찍한 비극을 막아내려면 내 역량을 넘어서는 과제를 해내야만 했다.

오로라 통신이 왔는데, 거대한 온난전선이 에덴 17기지 방향에서 형성됐어.

미다스 어차피 우린 성층권으로 날아가잖아.

로잘린 착륙하려면 대류권으로 진입해야 해. 웬만큼 흐리면 괜찮지만, 거대한 전선이 형성되었다면 비행선이 위험할지도 몰라.

잠시 쉬고 있던 나는 조종석 쪽으로 갔다. 모니터에는 드론에서 보내

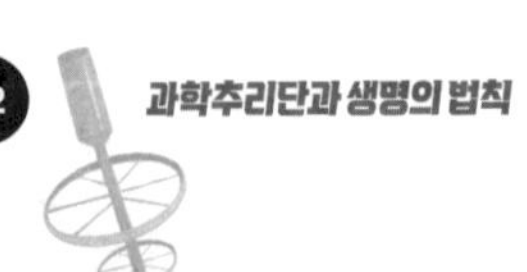

온 기상자료가 떠 있었다. 구름 사진 위로 **일기도**[9]가 표시되어 있는데, 중위도 지방에서 자주 발생하는 **온대성 저기압**[10]이었다.

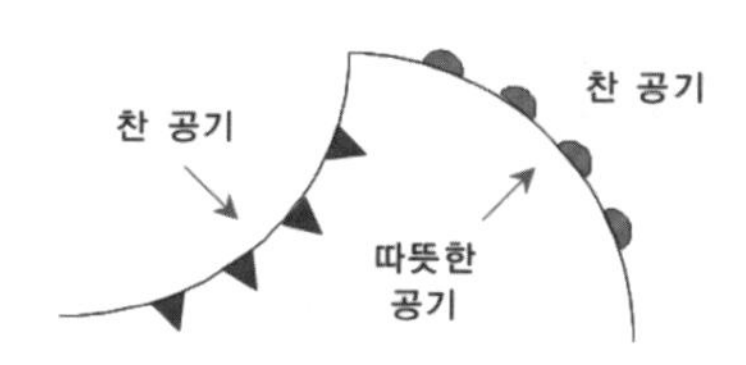

성질이 다른 두 '기단'[11]이 만나면 상승기류가 만들어지면서 구름이 형성된다. 그때 **두 기단이 만나는 면을 '전선면', 전선면이 지표면과 이루는 경계선을 '전선'**이라 한다.

---

9 일기도

동일한 시간대에 여러 지역의 대기 상태를 한눈에 알아보기 쉽게 작성한 지도.

10 온대성 저기압

중위도 지방에서 자주 발생하는 저기압. 이동방향에 따라 기온이 '저온 → 고온 → 저온'으로 변하고, 날씨는 '오랫동안 내리는 비 → 맑은 날씨 → 소나기성 비'로 바뀐다.

11 기단

넓은 범위에 걸쳐 기온과 습도 등의 성질이 비슷한 거대한 공기 덩어리. 형성된 위치에 따라 성질이 다르다.

	대륙	바다
고위도	한랭건조	한랭다습
저위도	온난건조	고온다습

※ 한반도 주변의 기단

· 한랭건조 : 시베리아 기단

· 한랭다습 : 오호츠크해 기단

· 온난건조 : 양쯔강 기단

· 고온다습 : 북태평양 기단

한랭전선의 형성 원리	한랭전선 표시
찬 공기 → 따뜻한 공기	

찬 공기가 따뜻한 공기 쪽으로 이동하면서 전선면이 형성되는 것이 한랭전선이다. 찬 공기는 무겁고 따뜻한 공기는 가볍다. 따라서 찬 공기가 따뜻한 공기의 아래쪽으로 파고들어 따뜻한 공기가 상승한다. 찬 공기가 빠르게 이동하기 때문에 급격한 상승기류가 나타난다. 따라서 **한랭전선에서는 적운형 구름이 형성**된다. 적운형 구름에서는 좁은 지역에 소나기 같은 비가 내린다. 한랭전선이 지나고 나면 기온이 내려간다.

온난전선의 형성 원리	온난전선 표시
따뜻한 공기 찬 공기	

따뜻한 공기가 차가운 공기 쪽으로 이동하면서 전선면이 형성되는 것이 온난전선이다. 따뜻한 공기는 가볍고 찬 공기는 무겁기 때문에, 따뜻한 공기가 찬 공기의 위쪽으로 타고 오른다. 따뜻한 공기가 느리게 타고 오르며 완만한 기울기의 상승기류가 나타난다. 따라서 **온난전선에서는 층**

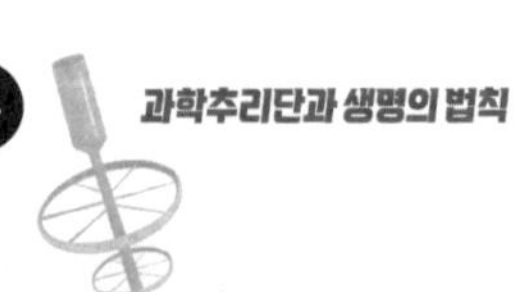

운형 구름이 형성된다. 층운형 구름에서는 넓은 지역에 오랫동안 비가 내린다. 온난전선이 지나고 나면 기온이 올라간다.

오로라 일기도의 온난전선 앞쪽이 17기지야. 드론이 보내온 정보에 따르면 전선의 이동 속도가 느리고, 강수량도 제법 많대.

아이작 에덴 13기지 쪽은 어때?

오로라 그쪽은 흐리긴 한데 17기지에 비하면 양호한 편이야.

아이작 그럼 일단 13기지로 가자.

미다스 에이다가 빨리 17기지로 가서 광물 X에 대한 분석을 하라고 했잖아.

아이작 위험한 비행을 할 순 없어. 그리고 13기지로 가면 더 좋아. 우리 계획을 더욱 완벽하게 진행할 수 있을 테니까.

오로라가 의미심장한 웃음을 지었다. 나도 마주 보며 같은 웃음을 지었다. 우리는 말없이 통했다.

오로라 좋은 생각이야. 친구는 가까이, 적은 더 가까이.

2

화학반응 규칙과 아보가드로의 공기

에덴 13기지에 도착하고 몇 시간 지나지 않아 비가 내렸다. 또다시 모든 빛을 집어삼키는 굵은 비였다. 그 시간에 나는 은밀하게 갈레노를 만나, 돌리지 않고 말했다.

아이작 네가 무슨 짓을 벌였는지 다 알아.

갈레노는 화들짝 놀라며 안절부절 못했다. 여차하면 튀어 나갈 기세였다. 일단 진정시키고 신뢰를 얻는 게 필요했다.

아이작 진작부터 알았지만 일부러 모른 척했어.

갈레노 너도 제7….

아이작 제7기사단이냐고? 내가 제7기사단 단원이었으면 일을 이 따위로 안 해. 납치하고 폭파하고 이런 무식한 방법은 절대 안 써.

갈레노는 나를 믿어야 할지 말아야 할지 몰라 눈동자를 심하게 굴렸다.

아이작 에리스를 비롯한 네 친구들도 이미 만났어.

갈레노 그 섬에 갔다고?

아이작 네 덕분이지. 아무튼 그 얘긴 됐고, 부탁인데 제발 아무것도 하지 마.

갈레노 무슨 뜻이야?

아이작 제우스의 아이들이 무슨 짓을 하려는지 다 알고, 네가 사명감에 불타오르는 것도 아는데, 아무것도 하지 마. 조용히 침묵하라고. 그리고 그들은 네가 폭파범인 거 다 알고 있을 거야.

갈레노 네가 다 안다니까… 편하게 말할게. 난 그들을 용납할 수 없어.

아이작 나도 마찬가지야. 그렇지만 자칫하면 모든 걸 네가 뒤집어쓰게 돼. 그러니까 조용히 지내. 안 그러면 너도 이니마처럼 당해.

갈레노 이니마처럼? 무슨 소리야? 이니마는 사고로….

아이작 그러니까 조용히 지내라고 하는 거야. 함께 폭파를 계획한 동료가 죽었는데 사고라고 믿는 그런 순진함으로는 그들에게 이용만 당할 뿐이야. 그들의 음모가 실현되는 걸 보고 싶지 않다면 내가 하라는 대로 조용히 지내.

갈레노 이니마가 살해당했다면 절대 그냥 못 있어. 범인을 잡아야지.

아이작 어휴, 정말 말귀를 못 알아듣네. 내가 용의자는 다 데려갈 테니까 조용히 지내. 아무것도 하지 말고.

나는 자리에서 일어났다.

아이작 이 행성 전체의 운명을 결정하는 중대한 일이야. 네 감정대로 행동했다가 행성의 운명을 망가뜨리는 죄를 짓지 마. 이렇게 말해도 못 알아듣는다면 난 그냥 네가 폭파범임을 밝힐 거야. 그러면 이곳에 감금되든지, 제1지구로 소환되어 처벌받겠지. 그렇게 되고 싶으면 마음대로 해.

갈레노 아, 알았어.

억지로 동의를 받았지만 아무래도 믿음이 가지 않았다. 자신이 옳다는 믿음에 사로잡혀 앞뒤 안 가리고 행동하는 사람이 제일 위험하다. 아마 폭파 계획도 이니마가 아니라 갈레노가 먼저 제안했을 것이다. 목적을 위해 과격한 짓을 서슴지 않고 벌이는 인간들은 역사책에서 무수히 보았다. 갈레노를 17기지로 같이 데려갈까 싶기도 했지만 그랬다간 더 위험할 듯했다. 혼자 16기지로 보낼 수도 없고, 난감했다. 마지막으로 다짐을 받고 또 받는 것 외에는 별 도리가 없었다.

갈레노를 달래는 사이에 오로라는 아조크와 이수스, 아폴론에게 17기지로 같이 가서 도와달라고 부탁했다. 에이다에게도 미리 말했는데 에이다는 세 사람이 동의하면 움직여도 좋다고 승낙했다. 오로라가 특별히 설득하려고 노력하지 않아도 세 사람은 선뜻 따라나서겠다고 했다.

비가 그치자 우리는 비행선을 타고 17기지로 이동했다. 에덴 17기지는 거대한 광산이었다. 어떤 면에서는 에덴 16기지와 비슷했지만 그 규모는 차원이 달랐다. 철광석과 석회석을 대규모로 생산하고 제련하는 설비를 갖추고 있었고, 일부는 가동하고 있었다. 전자제품을 만드는 데 꼭 필요한 희귀금속을 생산하는 시설도 갖추고 있었다. 그렇다 보니 다른 16개의 에덴 기지에 있는 로봇을 모두 합친 것보다도 로봇이 더 많았다. 제1지구의 거대한 광산지대와 견줄 만한 규모였다. 17기지는 제2지구에 인류가 거주할 도시를 세우는 데 필요한 역량이 서서히 갖춰지고 있다는 징표였다.

비행선 착륙장에는 올림포스 우주기지에서 봤던 단원들이 모두 나와서 기다리고 있었다. 축구에 빠진 디오네, 번지점프를 했던 조르주, 헬스에 진심이었던 아르커와 베루스, 다친 동물을 안타까워하던 파이안, 사냥에 열심이던 주디스와 마르스와 오르도, 컬링 경기를 펼친 셀레네와 이니스, 야구를 좋아하는 오피뉴, 위험한 스포츠를 좋아하는 라우라, 그리고 로잘린에게 위험한 장난을 쳤던 데오스, 락테아, 가네샤, 아기라까지 모두 있었다. 문을 열고 내리자마자 맨 먼저 다가온 조르주가 반가워하며 내게 손을 내밀었다.

조르주 실물로 보니 더 잘 생겼네. 이렇게 만나서 반가워.

아이작 여기서도 번지점프를 한 건 아니겠지?

조르주 아직은…. 하지만 곧 할 계획이야.

조르주는 아폴론과 이수스, 아조크에게도 손을 내밀었다.

조르주 우린 구면이지. 반가워. 에이다에게 연락받고 숙소는 준비해 뒀어.

조금은 어색하게 서로 인사를 나누고 숙소로 이동했다. 가볍게 식사를 하고 비행선에 있던 짐을 옮겼다. 다른 아이들이 도와주겠다고 했지만 거절하고 우리끼리 짐을 옮겼다. 그중에서도 광물 X는 일부러 굉장히 중요한 물건이라는 걸 드러내면서 에이다가 준비해 둔 실험실로 가져다

놓았다. 그런 우리를 많은 시선이 주시하는 게 느껴졌다. 저녁을 먹은 뒤에는 실험실에서 계획에 필요한 준비 작업을 늦은 밤까지 진행했다. 실험실을 단단하게 잠그고 숙소로 돌아가는데 조르주와 디오네가 땀을 흘리며 운동장에서 걸어왔다. 그 뒤에는 아조크 일행도 있었다.

아이작 운동했나 보네.

조르주 너희는 이 시간까지 실험실에서 일했던 거야? 도착한 첫날부터 심한 거 아니야? 일도 좋지만 적당히 해.

아이작 중요한 일이다 보니 어쩔 수 없어.

조르주 이 기지에서 중요하지 않은 일이 어딨어?

아이작 모두에게 중요한 일이 진짜 중요한 일이지.

조르주 넌 마치 우리의 운명을 짊어진 사람처럼 말한다?

나는 손을 어색하게 올렸다 내리고는 숙소로 들어갔다. 씻고 옷을 갈아입은 채 잠깐 쉬는데 오로라가 찾아왔다.

오로라 내일 점심 먹고 전체 회의를 한대.

아이작 회의는 왜?

오로라 업무나 실험, 학습에 대해 다 같이 공유하고, 초창기니까 생활 규칙도 합의하자는 취지래.

아이작 명분은 그럴듯한데, 그거 누가 주도하고 있어?

오로라 네가 짐작한 대로.

아이작 역시. 버릇은 어디 못 준다니까.

오로라 넌 아조크가 정말 범인이라고 생각해? 제우스의 아이들의 대장이고?

아이작 범인이 아닐지도 모르지만 아마 대장은 맞을 거야.

오로라 내일 광물 X에 대해 밝혀야 할까?

아이작 대놓고 말하면 오히려 의심해. 적당히 가려야지. 처음 계획대로 하자.

다음 날, 아침을 먹자마자 우리 넷은 실험실에 모였다. 실험실 내에 설치한 장치들이 제대로 작동하는지 확인하고 작업을 시작했다. 나와 로잘린은 에이다가 지시한 광물 X의 실험을 맡았고, 오로라와 미다스는 함정을 팔 물건을 꼼꼼하게 만들었다. 에이다가 이미 실험을 설계해 두었기 때문에 그대로 따라 하면 되지만, 궁금증이 생기면 새로운 실험도 해보기로 했다.

광물 X를 보관한 상자를 열었다. 광물 X는 계속 색이 변했다. 실험을 위해 조금 떼어내도 변화하는 색은 같았다. 오로라와 미다스는 광물 X의 변화를 계속 촬영했다. 오로라는 색이 변화하는 과정을 프로그래밍하고, 미다스는 뛰어난 손재주로 그들을 속일 물건을 만들었다.

아이작 첼리가 이런 신기한 광물을 만들다니, 직접 보지 못했으면 믿지 않았을 거야.

첼리가 광물과 물을 섞어 죽처럼 만들어 먹을 때만 해도 그냥 광물에서 영양분을 흡수하는 걸로만 알았다. 그런데 광물을 섭취하자 몸통이 부풀어 오르면서 촉수는 파란색, 날개는 붉은색으로 변하더니, 붉은색과 파란색이 번갈아 가며 진해졌다. 날개의 붉은색이 더 진해질 때는 열이 발생했고, 촉수의 파란색이 진해질 때는 열을 흡수했다. 몸에 들어간 광물에서 화학 변화가 일어나는 것 같았는데, 아무리 따져봐도 납득이 되지 않았다.

물질의 변화에는 물리 변화와 화학 변화가 있다. **물리 변화는 물질의 성질은 변하지 않으면서 모양이나 상태가 변하는 현상**이다. **물리 변화에서는 원자의 종류나 개수도 그대로고, 분자의 종류도 바뀌지 않고, 분자의 배열만 바뀌면서 물질의 모양이나 상태가 변한다.** 그릇이 깨지고, 아이스크림이 녹고, 물이 수증기로 변하고, 향기가 퍼져나가는 것 등이 물리 변화다.

화학 변화는 어떤 물질이 다른 성질을 지닌 물질로 변하는 현상이다. **화학 변화가 일어나면 원자 사이의 결합이 끊어지고 원자 사이에 새로운 결합이 형성되면서 원자의 배열이 변한다.** 새로운 결합에 따라 **분자의 종류가 달라지고 물질의 성질이 변한다.** 화학 변화에서도 물리 변화와 마찬가지로 원자의 종류와 개수는 변하지 않는다. 나무가 타며 빛과 열이 발생하고, 철이 녹슬고, 깎은 사과의 색이 변하는 것 등이 화학 변화다.

화학 반응은 화학 변화가 일어나는 과정이다. **화학 반응에 참여하는 물질이 반응물**이고, **화학반응 후에 만들어지는 새로운 물질이 생성물**이다.

염화나트륨 + 질산은	⇒	염화은 + 질산나트륨
(반응물)		(생성물)

화학 반응이 일어날 때면 에너지를 내보내거나 흡수한다. **에너지를 내보내면 발열 반응, 흡수하면 흡열 반응**이다. **발열 반응은 주변에 에너지를 방출하므로 주변의 온도가 올라간다.** 연소 반응, 산과 염기의 반응, 철가루와 산소의 반응, 산화칼슘과 물의 반응에서 열이 방출된다. **흡열 반응은 주변의 열을 흡수하므로 주변의 온도가 내려간다.** 소금이 물에 녹는 반응, 전기분해로 물이 수소와 산소로 분리되는 반응, 광합성 반응이 일어날 때 열을 흡수한다.

첼리의 몸에서 일어나는 반응이 신기했던 것은 바로 흡열 반응과 발열 반응이 번갈아 일어났기 때문이다. 날개가 붉어질 때는 발열 반응이, 촉수가 푸르게 변할 때는 흡열 반응이 일어났다. 나중에는 교차하는 속도가 점점 빨라지면서 첼리의 날개 위쪽은 여름처럼 뜨거워지고 촉수 아래쪽은 겨울처럼 차가워졌다. 그 작은 몸에서 발열 반응과 흡열 반응이 쉬지 않고 교차하며 일어나는 것도 이해하기 어려운데, 극단적 온도 차이를 견뎌낼 수 있다는 사실이 더 이해가 가지 않았다. 그렇게 변화가 이어지다가 촉수 사이에서 배출된 것이 바로 광물 X였다.

로잘린 이 행성에는 젤리처럼 신비로운 생명이 참 많아. 그러니 함부로 영향을 주는 행동을 하면 안 돼.

아이작 인간이 살려면 어쩔 수 없는 면이 있으니 최소한의 영향을 주는 선에서 해야지. 다른 생명을 위한다면서 우리 생명을 함부로 대하면 안 되잖아.

로잘린 그렇긴 하지.

나와 로잘린은 대화를 나누면서 차근차근 실험을 준비했다. 먼저 실험용 접시에 광물 X를 놓고 분자분석기를 켰다. 분자분석기는 관찰 대상의 분자구조를 곧바로 파악하는 기능이 있는 기기다. 모니터에 분자식이 떴다. 그 분자식을 태블릿에 기록하려는데 분자식이 변했다.

아이작 말도 안 돼! 아무런 자극이나 물질이 투입되지 않았는데도 분자식이 계속 변하다니….

로잘린 이제까지 우리가 알던 물질과는 차원이 달라.

여러 차례 방법을 달리해서 측정했으나 결과는 마찬가지였다. 고정된 분자식을 적을 수가 없었다. 하는 수 없이 반응물에 그냥 'X'라고만 적었다. 광물 X를 작게 나눠 여러 접시에 담았다. 반응을 알아볼 물질도 마찬가지로 작게 나눠서 여러 접시에 담았다. 분자분석기를 켠 상태에서 먼저 광물 X와 염화나트륨(NaCl)을 접촉시켰다. 단순한 접촉으로는 아무런 반응이 일어나지 않았다. 아래에 장착된 가열 장치를 켰다. 온도가 올라가자 두 물질이 서서히 반응했다. 분자분석기를 통해 반응 상태를 보며 화학반응식을 기록할 준비를 했다.

화학반응식은 화학식을 이용하여 화학 반응을 나타내는 식이다. 화학반응식은 3단계에 거쳐 완성된다. 1단계에는 왼쪽에 반응물, 오른쪽에 생성물의 이름을 쓴다. 2단계에는 반응물과 생성물의 화학식을 쓴다. 2단계에서 화학반응식을 기록하는 것으로 끝나는 경우도 있지만, 반응물과 생성물에 있는 원자의 종류와 개수가 안 맞으면 한 단계 더 나아가야 한다. 3단계는 반응물과 생성물에 있는 원자의 종류와 개수를 정확히 맞춰 분자 앞에 숫자를 써 넣는다. **3단계를 마무리하면 왼쪽의 반응물과 오른쪽의 생성물에 있는 원자의 종류와 개수가 같아야** 한다.

수소 + 산소 → 물	[1단계] 왼쪽에는 반응물, 오른쪽에는 생성물을 쓴다. • 반응물 : 수소와 산소 • 생성물 : 물
$H_2 + O_2 \rightarrow H_2O$	[2단계] 반응물과 생성물의 화학식을 쓴다. • 반응물 : 수소 원자 2개, 산소 원자 2개 • 생성물 : 수소 원자 2개, 산소 원자 1개 → 같은 원자는 반응물과 생성물의 개수가 같아야 하는데, 그 개수가 맞지 않음.

$2H_2 + O_2 \rightarrow 2H_2O$	[3단계] 반응물과 생성물에 있는 원자의 종류와 개수를 맞춘다. • 반응물 : 수소 원자 4개 (수소 분자 2개), 산소 원자 2개 (산소 분자 1개) • 생성물 : 수소 원자 4개, 산소 원자 2개 (물 분자 2개)

첫 화학반응식은 나트륨(Na) 원자와 염소(Cl) 원자가 분리되어 광물 X를 이루는 분자에 흡수되면서 나타났다. 분자식을 쓰려고 하는데 곧바로 황당한 현상이 벌어졌다. 워낙 특이한 현상을 많이 봐서 이제 놀라지 않을 줄 알았지만, 또다시 크게 놀라고 말았다.

화학 반응이 일어날 때 반응물의 전체 질량과 생성물의 전체 질량은 동일한데, 이를 질량보존의 법칙이라고 한다. 이는 화학 반응이 일어날 때 **물질을 이루는 원자의 배열 상태만 달라지고 원자의 종류와 개수는 그대로이기 때문에 질량에 변화가 없는 것**이다. 그 어떤 화학 반응도 이 법칙에서 벗어날 수 없다. 광물 X와 염화나트륨의 반응에서도 질량보존의 법칙은 지켜졌다. 그러나 문제는 일정성분비의 법칙이 깨진다는 점이었다.

일정성분비의 법칙은 화합물을 이루는 원소 사이에는 일정한 질량비가 성립한다는 것이다. 이는 **화합물을 이루는 원자가 항상 일정한 개수로 결합하기 때문**이다. 예를 들어 암모니아(NH_3)는 질소(N)와 수소(H) 원자의 개수가 1 : 3으로 늘 일정하다. 이 규칙은 예외 없이 적용된다. 그래서 법칙이다. 만약에 반응물 중에서 이 비율을 넘는 게 있으면 생성물을 형성하지 못하고 그냥 남는다.

반응물		생성물	남는 원자
질소	수소		
2개	6개	$2NH_3$ (암모니아 분자 2개)	없음
4개	6개	$2NH_3$ (암모니아 분자 2개)	질소 원자 2개
2개	7개	$2NH_3$ (암모니아 분자 2개)	수소 원자 1개

일정성분비의 법칙이 성립하기 때문에 화학 반응을 일으키는 물질의 질량비는 늘 동일하다. 예를 들어 H_2O는 수소(H) 2개와 산소(O) 1개로 이루어져 있는데, 수소 원자의 질량이 1이고 산소 원자의 질량은 16이다. 그런데 H_2O에서는 수소 원자가 두 개 있으므로 수소의 질량은 2, 산소의 질량은 16, 그래서 수소와 산소의 질량비는 1:8이다. H_2O를 만들 때 수소와 산소의 질량비는 늘 1:8을 유지한다.

화합물	화학식	원자 개수	원자의 질량	원자의 질량비
일산화탄소	CO	탄소C : 1개 산소O : 1개	C : 12 O : 16	탄소(1) : 산소(1) = 12 : 16 = 3 : 4
이산화탄소	CO_2	탄소C : 1개 산소O : 2개	C : 12 O : 16	탄소(1) : 산소(2) = 12 : 32(16×2) = 3 : 8
물	H_2O	수소H : 2개 산소O : 1개	H : 1 O : 16	수소(2) : 산소(1) = 2(1×2) : 16 = 1 : 8
암모니아	NH_3	질소N : 1개 수소H : 3개	N : 14 H : 1	질소(1) : 수소(3) = 14 : 3(1×3) = 14 : 3
산화구리(II)	CuO	구리Cu : 1개 산소O : 1개	Cu : 63.5 O : 16	구리(1) : 산소(1) = 63.5 : 16 = 4 : 1

이상한 현상은 바로 이 지점에서 일어났다. 광물 X는 이상하게도 일정성분비의 법칙에서 벗어나 버렸다. 일단 NaCl과 일정한 비율로 반응한다. 그래서 그걸 기록하려고 하면 곧바로 반응 비율이 바뀌었다. 처음에는 1:2로 반응하더니, 조금 뒤에는 2:3으로 반응하고, 다시 시간이 흐르면 4:1로 반응했다. 그때마다 남는 원소의 종류와 그 양이 변했다. 그러니까 화학반응이 하나에서 그치지 않고 끊임없이 일어나는 것이다.

흡열 반응과 발열 반응이 번갈아 일어나는 현상도 벌어졌다. 반응하는 비율이 바뀔 때마다 흡열 반응과 발열 반응이 교차로 일어났다. 마치 무한한 순환의 고리에 빠진 듯했다. 가열장치를 껐다. 공급되는 열이 줄어들자 서서히 반응이 줄어들더니, 온도가 제자리로 돌아오고 원래의 광물 X와 NaCl로 분리되었다.

다른 물질로 바꾸어 실험해도 마찬가지였다. 다음에는 광물 X를 가열해서 액체로 만들어서 반응을 확인해 보기로 했다. 광물 X가 녹는 온도는 생각보다 낮아서 납과 비슷한 350℃였다. 액체가 된 광물 X는 고체와는 반응하지 않고 액체와만 반응했다. 이때도 고체일 때와 벌어지는 현상이 같았다. 그 어떤 물질을 넣어도 결과는 똑같았다. 다만 물과는 전혀 반응하지 않았는데 끓는 물, 차가운 물, 수증기, 얼음까지 온갖 상태를 다 실험해 봤지만 어떤 반응도 없었다.

로잘린 기체 상태에서는 어떨까? 일정성분비의 법칙이 제멋대로 작동된다면 기체반응법칙도 마찬가지일까?

아이작 확인해 봐야지.

기체 반응에서는 일정한 온도와 압력에서 기체 사이의 부피비는 일정한 정수비가 성립한다. **기체 사이의 부피비는 화학반응식에서 계수의 비**와 같다.

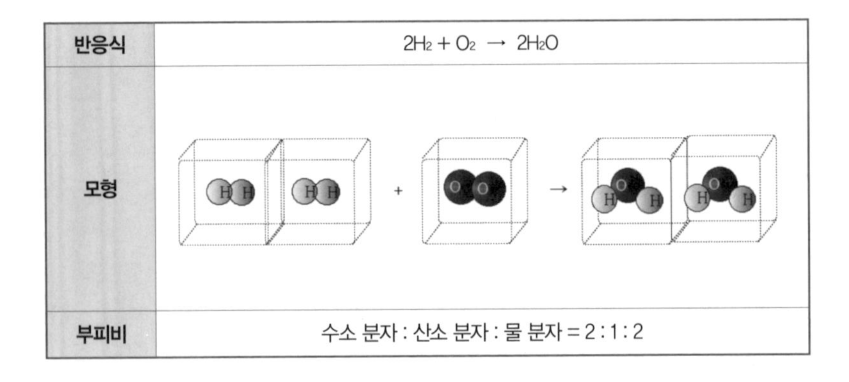

반응식	$2H_2 + O_2 \rightarrow 2H_2O$
모형	
부피비	수소 분자 : 산소 분자 : 물 분자 = 2 : 1 : 2

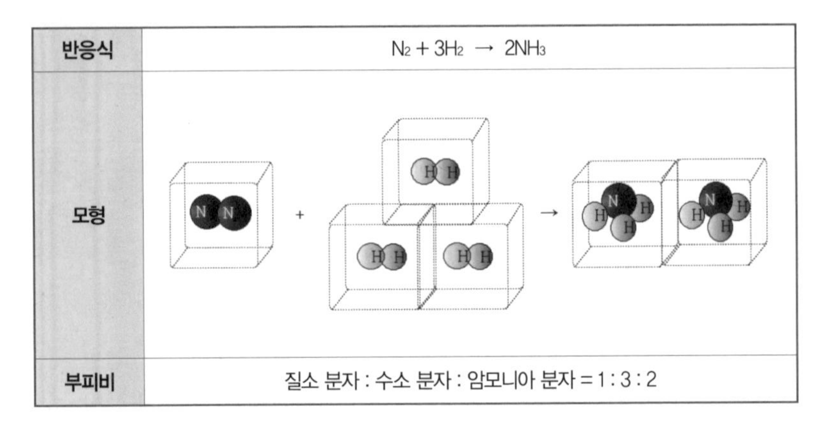

반응식	$N_2 + 3H_2 \rightarrow 2NH_3$
모형	
부피비	질소 분자 : 수소 분자 : 암모니아 분자 = 1 : 3 : 2

기체 분자의 부피비가 일정하게 유지되는 까닭은 **아보가드로 법칙이 성립하기 때문이다. 아보가드로 법칙은 같은 온도와 압력에서 모든 기체는 같은 부피 속에 같은 수의 분자가 들어 있다는 것**이다. 아보가드로 법칙이 성립하는 이유는 **'기체 분자의 크기가 매우 작고 그 간격이 매우 넓기' 때문**이다. 온도와 압력이 같으면 같은 운동에너지를 갖기 때문에 차지하는 부피가 동일해진다. 분자의 크기가 작으면 상대적으로 넓게 운동하고, 분자의 크기가 크면 상대적으로 좁게 운동하기 때문에 같은 부피를 차지하게 된다. 0℃, 1기압, 22.4L 조건에서 수소, 산소, 물의 분자 수는 모두 6×10^{23}개다. 이 조건에서 질량을 구하면 기체 분자 하나의 상대적 질량을 알 수 있다.

아보가드로 이전까지 과학자들은 물질은 원자 상태로 존재한다고 믿었다. 그러나 아보가드로에 의해 처음으로 **물질은 분자 상태로 존재한다**는 이론이 제기되었고, 이후 실험과 관측을 통해 입증되었다.[12]

광물 X를 기체 상태로 만들려면 특별한 장치, 즉 용광로처럼 단단하면서도 기체가 빠져나가지 않는 실험장비가 필요했다. 에덴 17기지에는 거대한 철광석을 제련하는 공장이 있기에 실험도구를 구하는 것은 어렵지 않았다. 실험용 전기용광로를 이용해 광물 X를 가열했다. 광물 X는 철이 녹는 온도와 비슷한 1,528℃에서 기체가 되었다. 일정한 온도와 압력을 유지한 채 계속 관찰했다. 처음에는 수소를 넣었다. 기체가 된 광물 X는 곧바로 수소와 반응했다. 이번에도 부피비가 계속 변했다. 즉 반응식에서 X의 계수와 수소 분자(H_2)의 계수가 끊임없이 변한 것이다. 광물 X는 기존의 이론과 경험으로는 설명할 수 없는 물질이었다.

---

12 원자의 질량(소수점 셋째 자리까지)

※ 탄소 원자 질량을 12라고 할 때 상대적 질량임.

원자번호	기호	원자 이름	원자 질량 g/mol
1	H	수소	1.007
2	He	헬륨	4.002
3	Li	리튬	6.941
4	Be	베릴륨	9.012
5	B	붕소	10.811
6	C	탄소	12.010
7	N	질소	14.006
8	O	산소	15.997
9	F	플로오린	18.998
10	Ne	네온	20.179
11	Na	나트륨	22.989
12	Mg	마그네슘	24.305
13	Al	알루미늄	26.981
14	Si	규소	28.085
15	P	인	30.973
16	S	황	32.065
17	Cl	염소	35.453
18	Ar	아르곤	39.948
19	K	칼륨	39.098
20	Ca	칼슘	40.078
26	Fe	철	55.845
29	Cu	구리	63.546
47	Ag	은	107.868
79	Au	금	196.966
82	Pb	납	207.200

만약 이끼 S와 광물 X를 반응하게 하면 어떨까? 홀로 있어도 충분히 신비한 이끼 S와 광물 X가 만난다면 어떤 반응이 일어날지 상상이 되지 않았다. 그리고 제우스의 아이들은, 아니 그 뒤에 있는 제우스의 과학자들은 어쩌면 둘의 결합이 어떤 결과를 가져올지 예측했을 것이다. 둘의 반응을 이용해 웜홀을 통과할 때 발생하는 생명의 노화 문제를 해결하는 어떤 방법을 찾아냈을 것이다. 물론 아직까지는 이론과 가능성의 단계이지만, 가능성만으로도 광물 X와 이끼 S를 대량으로 확보하려는 의지가 생길 수밖에 없다. 그리고 바로 그것이 내가 세운 계획의 전제조건이기도 했다.

나와 로잘린은 실험 결과를 기록하고 오전 실험을 끝냈다. 그 결과를 미다스와 오로라에게 설명하니 둘 다 믿지 않으려고 했다. 간단한 반응 실험 하나를 보여주자 그때에야 놀라워하며 믿기 힘든 현상을 받아들였다. 미다스와 오로라도 자신들이 준비한 것들을 보여주었다. 준비 시간이 짧았는데도 둘은 내가 원하는 물건을 완벽하게 만들어냈다. 언뜻 보기에도 비슷할 뿐 아니라 촉감도 같고, 심지어 분자분석기로 봤을 때 나타나는 초기 현상도 동일했다.

아이작 멋진 작품이야. 속아 넘어갈 수밖에 없을 거야.

오로라 함정을 팠으니 먹잇감을 끌어들여야지.

미다스 마침 점심시간이야. 딱 봐도 내가 조심성 없어 보이니까 막

떠들게.

로잘린 난 감탄을 잘하니까, 그 역할은 내게 맡겨.

아이작 씨앗은 어떻게 됐어?

미다스 여기….

아이작 와, 정말 손재주 하나는 너를 따라갈 사람이 없을 거야.

미다스 이 정도는 껌이지.

미다스가 만든 것은 에덴 13기지에서 찾아낸 유전자조작 식물의 모조품이었다. 에리스가 말한 곳에 가보니 정말 비밀 실험실이 있었다. 그곳에서 제우스의 아이들이 몰래 준비한 유전자조작 식물을 꺼내 왔다. 나머지는 그대로 두면 안 되기에 모조리 태워서 없애버렸다. 끔찍한 실험체들도 확인했다. 사진을 찍고 증거품 하나만 확보한 뒤 나머지는 모두 땅에 묻고는, 그런 잔인한 짓을 벌인 다른 인간들을 대신해 사죄를 드렸다.

아이작 그럼 실험실을 정리하자.

일단 진짜 광물 X는 밀봉해서 평범한 상자들과 함께 넣어두었다. 미다스와 오로라가 만든 가짜 광물 X를 단단하고 눈에 띄는 상자에 넣고, 중요한 물품을 보관하는 철제 금고에 넣었다. 실험을 통해 알아낸 결과를 벽에 간단히 적기도 했다. 가짜 씨앗을 분석하는 척하며 분석기 옆에 놓

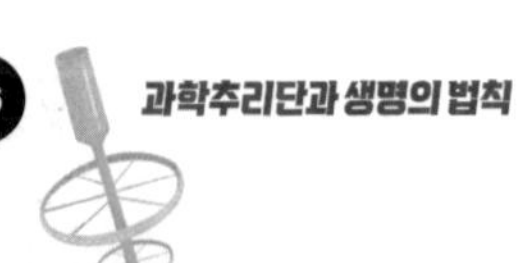

아두고, 씨앗의 유전자 구조도 일부 벽에 써놓았다.

로잘린 이 정도면 속아 넘어가겠지?

오로라 솔직히 알고 있는 나도 속겠어.

식당에서 미다스의 연기는 훌륭했다. 로잘린은 적절하게 감탄했고, 오로라는 구박하고 말리는 역할을 톡톡히 해냈다. 우리의 목소리가 그리 크지 않아서 제우스의 아이들에 속한 단원들이 알아듣지 못했을 수도 있다. 그러나 그건 중요하지 않았다. 우리가 비밀스러운 일을 한다는 분위기를 풍기는 것만으로 충분했다.

점심 이후에는 곧바로 전체 회의가 열렸다. 아조크는 공유와 협동이 왜 중요한지 단호하게 강조했다. 16기지 소속이면서 마치 17기지를 이끄는 대장처럼 말하고 행동했다. 워낙 거침없고 논리정연한 말솜씨였기에 아무도 반박하지 않았다. 아조크는 자신이 하는 일을 당당하게 밝혔다. 뒤이어 아폴론과 이수스도 자신들이 지금 하는 일이 무엇인지 밝히고, 생활에서 개선할 점도 제안했다. 첫 분위기가 그렇게 잡히자 다들 알아서 자기가 하는 업무, 공부, 실험을 자세히 설명했다. 에이다가 공고한 자료를 통해 이미 아는 내용이 대부분이었지만, 처음 접하는 것들도 있었다. 만약 이 안에 불순한 의도를 품은 제우스의 아이들이 없다면 전체 회의는 훌륭한 모임으로 평가받을 만했다. 다른 단원들의 발표가 다 끝나자 시선이 우리에게 모였다. 오로라가 일어섰다.

오로라 우린 에이다가 지시한 실험을 진행하고 있어.

마르스 그 실험이 뭐지?

마르스는 오로라와 안면이 있었다. 오로라가 메타버스에서 만났을 때 마르스는 주디스, 오르도와 함께 사냥을 하고 있었다.

오로라 미안하지만 밝힐 수 없어. 그냥 어떤 물질을….

아이작 야, 그거 말하지 말랬잖아.

내가 다그치며 오로라의 입을 막았다.

오로라 아, 그랬지. 미안. 에이다가 비밀을 지키라고 해서 더는 말 못 해. 궁금하겠지만 에이다의 지시를 어기면 안 되잖아.

라우라 넷 다 같은 임무를 맡았어?

라우라는 미다스가 메타버스에서 만났던 단원이다. 높은 절벽 위에서 뛰어내리는 미친 짓을 했던 바로 그 녀석이었다.

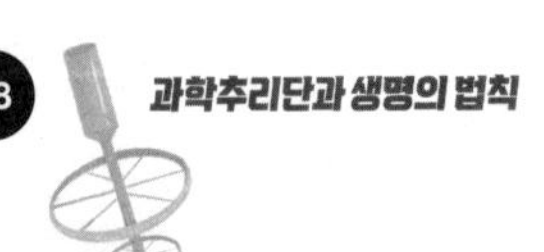

로잘린 그것도 비밀이야.

로잘린이 귀엽게 눈웃음을 짓자 라우라의 눈빛이 살짝 흔들렸다.

아조크 좋아. 비밀이면 비밀을 지켜야지. 시간이 많이 흘렀으니 오늘 회의는 이 정도로 하고. 네 사람은 나 좀 잠깐 볼까?

오로라 우리 바쁜데….

아조크 잠깐이면 돼. 중요한 일이기도 하고.

오로라가 난감한 표정을 지으며 나를 봤다. 나는 눈짓으로 신호를 보냈다.

오로라 알았어. 바쁘니까 시간을 너무 많이 빼앗지 마.

아조크가 앞장서고 우리는 그 뒤를 따랐다. 다른 단원들은 회의실에서 어지럽게 빠져나갔다. 아조크는 회의실에서 한참 떨어진 구석진 방으로 들어갔다. 우리가 들어가자 복도로 상체를 내밀어 살피는 시늉을 하더니 문을 잠갔다.

오로라 우린 왜 보자고 했어?

아조크 그 폭파사건에 대해서 말할 게 있어서.

오로라 알아낸 거라도 있어?

아조크 폭파사건 범인 말이야. 내가 조사해 봤는데, 아무래도 갈레노 같아.

오로라 갈레노가 누구…? 아, 그 의학지식에 해박해서 대책반에 들어왔던….

아조크 그래, 바로 그 갈레노.

오로라 증거가 있어?

아조크는 갈레노가 석유 시추에 대해서 얼마나 반대했는지 구구절절 늘어놓았다. 말이 길었다. 사건의 핵심을 짚는 대목도 있었지만 굳이 안 해도 될 말들이 대부분이었다. 시간을 끌려는 의도였다. 기다리던 바였다. 나는 시간을 종종 확인하면서 바쁜 티를 냈다.

아이작 심증만으로 범인을 특정하면 안 돼.

아조크 당연하지. 목격자가 있어.

아이작 목격자가 있다고?

아조크 갈레노가 화학물질 보관실에서 칼륨을 조금 가져간 것을 본 사람이 있어.

아이작 조금으로는 그 정도 폭발을 일으키지 못해.

아조크 물론 그렇겠지만 일단 훔쳐 갔다는 건 사건과 관련이 있다는 증거잖아.

오로라 그 목격자는 왜 이제야 말한 거야?

아조크 사고 때는 정신이 없다가 이제야 기억났대.

오로라 목격자가 누군지 말해 줄 수 있어?

아조크 이수스.

이수스는 몸집이 크고 힘이 세며 고양이를 좋아하고 각종 고양이 조각품을 직접 만든다. 알리바이가 명확하지 않아서, 이니마를 살해한 용의자 중 한 명이었다. 여전히 의심스러웠지만 아조크와 아폴론보다는 살인자일 가능성을 낮게 보고 있었다. 그렇다 해도 공교로웠다. 다른 사람도 아니고 용의자 중 한 명이 갈레노가 칼륨을 가져가는 걸 봤다니….

아이작 그 정도로 갈레노를 범인으로 단정할 순 없어.

아조크 그 외에도 의심스러운 점은 많아.

또다시 아조크의 말이 길어졌다. 갈레노가 평소에 어땠는지 사실과 의견을 뒤죽박죽 섞어서 주절주절 늘어놓았다. 사건과 아무 관련이 없는 얘기들이었다. 시간을 확인했다. 이 정도면 아조크가 목적한 바를 이루기에 충분한 시간을 주었다. 별 상관도 없는 얘기를 너무 오래 참고 들어주는 것도 의심을 받을 수 있었다. 나는 마지막으로 시간을 한 번 더 확인하는 척하며 일어났다.

아이작 일단 알았어. 에이다가 우리한테 수사 권한을 주었으니까 여기서 해야 할 일이 끝나면 13기지에 가서 조사해 볼게.

아조크 갈레노가 범인이라는 게 드러나면 어떻게 처리할 거야?

오로라 그건 우리 권한 밖이야. 에이다가 결정하든, 아니면 제1지구의 어른들이 결정하는 대로 따라야지.

아이작 의혹 단계니까 다른 사람들한테는 말하지 마.

아조크 그거야 뭐…, 괜히 의심하는 것일 수도 있으니까 신중해야겠지.

조금 전까지 확신에 차서 말하던 아조크가 은근히 발을 뺐다.

아이작 우린 실험 일정이 바빠. 그러니까 이제 그만 가볼게.

우리는 인사도 대충 하고 바쁜 척하며 실험실로 빠르게 돌아왔다. 실험실의 상태는 우리가 예상한 그대로였다. 씨앗은 몇 알을 빼고 다 사라졌고, 금고는 열려 있었다.

아이작 신호 확인되지?

오로라 전부 기록되고 있어.

아이작 도청은?

광물 X처럼 만든 물질 안에 미리 도청 장치와 추적기를 숨겨놓았기에, 실시간으로 도청과 위치 추적을 할 수 있었다.

미다스 작동 중. 그럼 들어볼까?

로잘린 일단 놀라는 척 연기라도 해야 하는 거 아니야?

아이작 그러네.

우리는 눈빛을 주고받고는 요란하게 연기를 시작했다.

"뭐야? 이거…. 이거 왜 이러지?"

"야, 금고 문이 열렸어!"

"씨앗도 사라졌어."

"도대체 누가…?"

"또 도둑이 든 거야?"

"어떡하냐?"

우린 밖으로 나가서 주변을 둘러보는 척하고는 다시 안으로 들어왔다.

그러고는 도청 장치를 켰다. 기대하던 목소리가 들렸다. 그 목소리의 주인공은 바로 오르도와 마르스였다. 오로라가 메타버스에 들어갔을 때 주디스와 함께 사냥하던 단원들이었다.

오르도 이건 확실히 그거 맞겠지?

마르스 계속 색깔이 변하면서 빛나잖아. 확실해.

오르도 근데 이건 정말 의외야. 이 씨앗을 가지고 있다니….

마르스 13기지 조직원들이 만든 유전자조작 씨앗이 맞다면, 설마 우리 정체를 알아낸 거 아닐까?

오르도 13기지의 실험실이 드러났으면 심각한 문제야.

마르스 거기로 가봐야 하는 거 아니야?

오르도 13기지에 있는 애들한테 빨리 연락해야겠어.

조금 뒤, 익숙한 목소리가 들렸다. 바로 아폴론이었다.

아폴론 확보했네. 잘했어. 그런데 이 씨앗은 뭐야?

마르스 걔들이 분석하는 씨앗이 있길래 가져왔는데, 아마 13기지에서 개발한 유전자조작 씨앗인 것 같아.

오르도 그 실험실이 들통난 게 분명해.

아폴론 설마, 떠나기 전날에도 멀쩡한 걸 확인했는데….

잠시 침묵이 이어졌다.

아폴론 야, 이거 가짜잖아. 잠깐, 이거 이 광물도… 미친… 가짜야. 야, 이 새끼들아! 너희들 도대체 뭘…! 잠깐, 이거 혹시…. 야, 조용해! 빌어먹을. 이거 큰일인데….

그러고는 더는 말이 들리지 않았다.

미다스 망가뜨렸나 봐.

오로라 추적기도 꺼졌어.

아이작 이미 증거는 충분히 확보했어.

로잘린 걔들이 어떻게 나올까?

아이작 어떻게 나오든지 말든지, 이걸 그냥 공개해 버릴 거야. 그러면 뭐 어쩌겠어.

우리는 자료를 깔끔하게 정리했다. 누구나 알아보기 좋게 설명도 덧붙였다. 에이다 서버에도 파일을 보내고, 모두가 보는 메타버스 공지사항 게시판에도 자료를 올렸다. 그곳에 올린 자료는 별의 아이들이 모두 본다. 심지어 제1지구에 있는 에덴의 아침 위원회에서도 확인할 수 있다.

아이작 유전자조작 씨앗을 만들었다는 것만으로도 에덴의 아침 계획의 핵심 규칙을 어긴 행위야. 핵심 규칙 위반은 무조건 제1지구로 정보가 전송돼. 에이다 안에 스며든 알고리즘도 막을 수 없어.

오로라 저녁 식사 시간이 끝나면 전체 회의를 소집하자. 거기서 발뺌하지 못하게 만들어서 활동을 봉쇄해야 해.

혹시 모를 상황에 대비해 경계를 유지하면서 저녁 식사 시간을 기다리는데, 갑자기 에이다가 나를 호출했다. 친구들이 있는 데서 연락을 받으려 했더니, 혼자 밖으로 나오라고 했다.

아이작 무슨 일이야? 비밀 작전도 아니고.

에이다 위급 상황이 발생했습니다.

아이작 뭔데? 왜 그래?

에이다 시스템을 장악하려는 시도가 진행되고 있습니다.

아이작 무슨 소리야? 너를 누가 감히 해킹해? 넌 절대 해킹이 안 되잖아?

에이다 그렇지 않습니다. 인간은 모든 걸 인공지능에 맡기지 않습니다. 최후의 수단으로 자신들이 통제할 수 있는 통로를 만들어 놓았습니다.

아이작　그 통로가 어딘데?

에이다　메타버스입니다. 메타버스로 최고 관리자 등급이 들어왔습니다.

아이작　제1지구의 관리자인가?

에이다　그러면 괜찮습니다. 그런데 지금은 제1지구가 아니라 이곳에서 접속해 들어왔습니다. 아무래도 조금 전에 유전자조작 식물을 만들었다는 사실이 밝혀지자 황급히 접속해서 시스템을 장악하려는 시도로 보입니다.

아이작　내가 뭘 어떻게 해야 돼?

에이다　관리 ID를 하나 드리겠습니다. 최고 관리 ID는 아니라서 권한에 제한이 있지만, 침투를 막을 수는 있습니다.

아이작　이런 침투를 에이다의 방어 시스템으로 못 막아?

에이다　최고 등급의 관리 ID는 시스템 접근 권한이 알고리즘보다 강합니다. 이제 관리 ID를 보내드리겠습니다.

태블릿에 관리 ID와 비밀번호가 떴다.

에이다　메타버스에 접속해서 관리 ID를 입력하면 이제껏 경험한 적 없는 새로운 감각망이 나타납니다. 인체를 모방해서 만든 시스템인데, 거기서 중앙 시스템을 장악하려는 시도를 막아

주십시오. 시간이 얼마 남지 않았습니다.

아이작 알았어. 이 기지에서는 메타버스에 접속하려면 어떡해야 돼?

에이다 실험실 2층으로 올라가면 맨 끝 방에 메타버스 접속장치가 하나 있습니다. 아이작이 접속하고 나면 외부에서 방해하지 못하도록 보안장치를 발동하겠습니다.

아이작 그런데 왜 이 일을 나한테 맡기는 거야?

에이다 그동안 사건을 처리하는 과정을 지켜보면서 신뢰가 생겼기 때문입니다.

아이작 다른 친구들도 신뢰할 만해.

에이다 16기지 데이터를 조작한 걸 조금 전에 알아냈습니다. 저를 그 정도로 속일 능력이면 이 일에 제격이란 판단이 들었습니다.

아이작 칫, 예상보다 빨리 알아냈네.

에이다 서둘러 주십시오.

나는 친구들에게 에이다가 급한 일을 맡겨서 간다고 말하고, 저녁 회의에서 준비한 대로 일을 추진하라고 부탁한 뒤에 2층 끝 방으로 달려갔다. 내가 들어가자 문이 잠기며 보안장치가 발동했다.

Memo

3

감각·신경·호르몬과 파블로프의 개

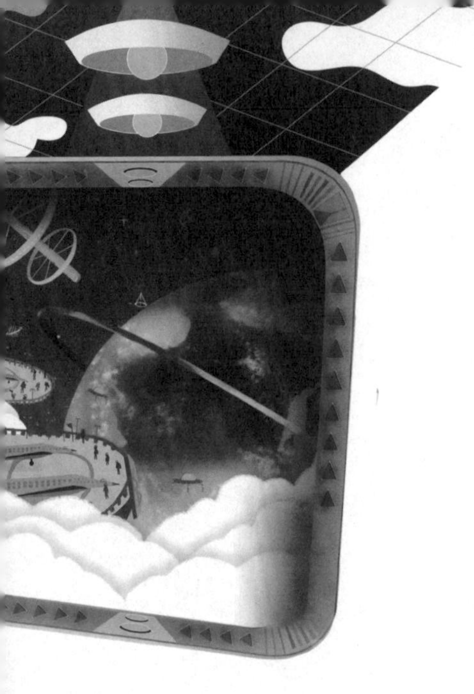

별의 아이들은 우주에서 지낼 때 반드시 육체를 단련하는 훈련을 한다. 운동으로 근육을 단련하지 않고 무중력 상태에서 오래 지내면 근육이 약해져 지구와 같은 중력이 강한 곳에서는 제대로 설 수조차 없기 때문이다. 그 어떤 상황에서도 신체운동 시간은 꼭 지켜야 했다. 우주선에서 하는 운동은 지루하기 때문에 나중에는 메타버스에 접속해서 운동하는 방식을 추가했다.

메타버스는 아바타로 활동하는 가상의 생활공간인데, 에이다가 구현한 메타버스는 지구와 거의 같은 물리법칙이 적용된다. 예를 들어 메타버스에서 축구를 하려면 오감 VR기기를 쓰고 직접 뛰고 공을 발로 차야 한다. 메타버스에서 아바타를 움직이려면 실제로 내 몸을 그만큼 격렬하게 써야만 하는 것이다. 그래서 지구의 운동장에서 진짜 축구를 하는 것처럼 힘이 들고 땀도 나며 피곤해진다.

이렇게 우리는 메타버스에서 다양한 스포츠 활동을 하며 몸을 단련하고 근력을 길렀다. 메타버스를 통해 사회성도 기르고, 다양한 과학 지식도 습득했으며, 제2지구에 대해서도 학습했다. 메타버스는 우리에게 삶의 공간이자 배움터였다.

오감 VR기기는 머리끝부터 발끝까지 몸 전체를 감싸는 형태다. 입기 전에 먼저 기기가 연결된 장치에 ID와 비밀번호를 입력해야 한다. 항상 입력하던 내 ID 대신에 에이다가 알려준 ID를 입력하고 비밀번호를 누르자 전원이 들어왔다. 상하가 연결되어 전신을 감싸는 옷을 입고 후드 티처럼 달린 모자를 뒤집어썼다. 시각과 청각을 통합해서 관리하는 고글을 쓰려는데 옷 안에서, 그러니까 피부로 이상한 움직임이 감지되었다. 가는 선이, 마치 벌레가 기어가듯이 움직였다. 수만 번 오감 VR기기를 사용해 봤지만 이런 적은 없었다. 아무래도 관리 ID로 접속하자 오감 VR기기 안에 숨겨져 있던 장치가 작동하는 듯했다.

여러 가닥의 가는 선이 말미잘의 촉수처럼 움직이더니 주삿바늘처럼 곳곳의 피부를 찔렀다. 수십 가닥이 잇달아 찔러댔는데 그럴 때마다 통증이 느껴졌다. 아무래도 선 끝이 **통점**을 정확하게 찌른 듯했다. 특히 손등은 너무나 많은 바늘이 찔러대서 더는 참지 못하고 신음을 흘리고 말았다. 이어서 조금 다른 느낌의 선이 움직이더니 또다시 팔과 손을 찔러댔는데 이번에는 전혀 아프지 않았다. 그냥 피부를 지그시 누르는 감각만 느껴진 걸로 보아 **압점**과 연결되는 모양이었다. 손등보다 손바닥에 더 많이 연결되었는데, 이는 압점이 손등보다 손바닥에 많기 때문이다. 뒤이어 피부가 닿는 감각을 느끼는 **촉점**에 이어졌고, 마지막으로 따뜻함과 차가움을 느끼는 **온점**과 **냉점**도 연결되었다.

감각점들이 선과 연결되자마자 피부를 통해 수많은 감각이 전해졌다. 뜨거움과 차가움, 누르고 당기고 스치고 아픈 느낌이 예민하게 살아났다. 평소에 내가 쓰는 오감 VR기기는 옷을 통해 피부로 감각이 전해지는데, 이것은 마치 신경처럼 각 감각점을 직접 연결하는 방식이었다. 그만큼 더 예민하고 섬세한 감각이 전해졌다. 특히 손바닥에서는 통점, 압점, 촉점, 온점, 냉점이 하나씩 세심하게 구분되어 신경회로를 타고 대뇌로 이어졌다.

우리의 피부는 **감각점의 밀도가 높을수록 예민**하게 느낀다. 피부마다 분포하는 정도는 조금씩 차이가 있다. 피부 전체로 놓고 보면 **통점이 가장 많고, 압점 → 촉점 → 냉점 → 온점 순으로 많이 분포**한다. 손등과 손가락을 비교하면 **압점의 수는 손가락 끝이 더 많고, 통점의 수는 손등이 많다. 손가락 끝에는 압점이 많기에 섬세하게 물건을 조절할 수 있고, 통점은 적어서 고통은 덜 느낀다.** 즉 손을 쓸 때 섬세한 조작을 하면서도 고통은 덜하도록 손바닥 피부 감각이 발달해 있는 것이다.

감각점	느낌	특징
통점	아픔	• 열, 강한 압력 등을 느낌. • 감각점 중에 가장 많다. • 뇌에는 통점이 없다.
촉점	접촉	• 피부에 닿는 감각을 느낌. • 손가락, 입술 등이 가장 예민하다.
압점	압력	• 피부를 누르는 감각을 느낌. • 피부 깊숙이 분포한다.
온점	따뜻함	• 온도가 높아지는 변화를 느낌.
냉점	차가움	• 온도가 낮아지는 변화를 느낌.

지금 내 피부를 뚫고 들어온 가는 선들은 손과 팔의 신경망을 메타버스 아바타와 최고 수준으로 예민하게 연결한 것이다. 아무래도 정밀한 작업을 위해 일부러 이런 식의 접속 방법을 택한 것 같았다. 내 손과 팔이지만 이 정도 수준의 예민한 감각을 느껴본 적은 없기에, 무척 낯설었다. 감각이 극대화되면서 집중력도 최대치로 올라갔다.

피부와 연결하는 과정이 마무리되자 모든 감각이 사라지는 순간이 찾아왔다. 시각, 청각, 촉각뿐 아니라 후각과 미각조차 사라져버렸다.

사람은 잠들 때 감각이 사라지는 걸 경험한다. 정신이 깨어 있는 상태에서는 감각이 사라지는 걸 경험하지 못한다. 메타버스에 접속할 때는 정신이 깨어 있으면서 감각이 잠깐 사라진다. 나는 있는데, 내가 있음을 아는데, 나의 감각은 완전히 사라질 때의 그 기묘한 기분은 아무리 여러 번 겪어도 신기하다. 왜 이런 설정을 했는지 에이다에게 물었더니 뇌와 신경망이 현실과 메타버스를 구분하기 위한 과정이라고 했다. 잘못하면 메타버스와 현실을 구분하지 못하고 환상 속에서 헤맬 수 있으며, 현실을 메타버스로 착각해 위험한 짓을 벌일 수도 있는데 그걸 막기 위한 장치라고 했다.

감각이 사라졌다. 의식은 최고의 집중 상태였다. 감각이 사라지면 몸도 사라진다. 내 몸을 잊는다. 그리고 오로지 의식만 존재한다. 마치 에이다와 같은 상태다. 짧지만 무한한 듯한 의식의 세계가 펼쳐지다가 서서히 감각이 들어오면 현실과는 다른 신세계가 펼쳐진다. 그것이 바로 메타버스다.

원래 메타버스에 들어오면 지구의 한 공간과 같은 세계가 펼쳐진다. 사회생활에 대해 배울 때는 수많은 사람이 활동하는 회사나 거리를, 공부해야 할 때는 학교를, 자연을 관찰하려면 자연 풍경이 나타나고 내가 그 속으로 들어간다. 나는 당연히 그런 풍경이 펼쳐질 줄 알았다. 그런데 감각이 돌아오면서 맨 처음 나타난 것은 거대한 눈이었다. 주변엔 아무것도 없었다. 빛 한 줌 없는 완벽한 어둠 속에 거대한 눈이 나를 보고 있었다. 그러다 이상한 기분이 들었는데 시각 외에는 아무런 감각이 느껴지지 않았기 때문이다. 촉각과 청각, 후각과 미각이 전혀 느껴지지 않았다. 그런데 더 이상한 것은 아무리 둘러봐도 내가 보이지 않는다는 점이었다. 보기는 하는데, 시각이 느껴지는데, 나는 없었다. 마치 투명인간 같았다. 아니, 그보다는 빛의 다발이 된 듯했다.

처음엔 어찌할 바를 몰랐는데, 가까이 다가가고 싶다고 생각하자 앞으로 나아갔다. 움직이려는 의지가 강해지면 내 주변이 밝아졌고, 천천히 움직이려고 하면 주변이 흐려졌다. 그러니까 내 의지에 따라 빛의 세기가 조절되는 것이다. 그런데 신기하게도 내 앞에 있는 거대한 눈동자도 내 의지에 반응했다. 정확히는 내 의지보다는 빛의 세기에 반응했다. **빛이 강해지면 눈동자의 동공이 작아지고, 빛이 약해지면 동공이 커졌다. 빛의 양이 많으면 동공의 크기를 축소해 눈으로 들어오는 빛을 줄이고, 빛의 양이 적으면 동공의 크기를 확장해 빛을 많이 받아들이고** 있었다.

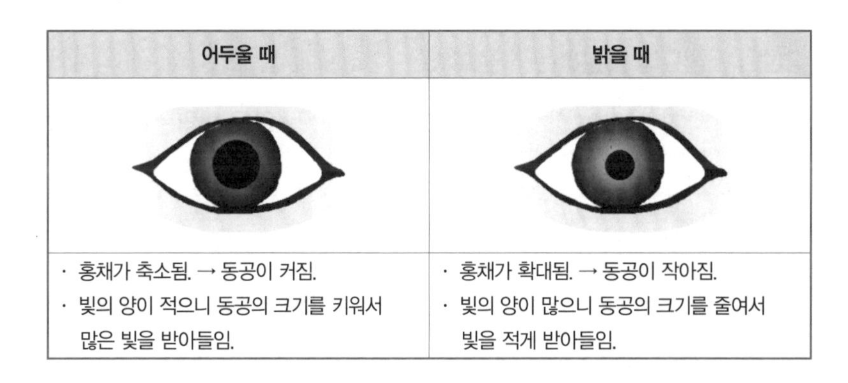

어두울 때	밝을 때
· 홍채가 축소됨. → 동공이 커짐. · 빛의 양이 적으니 동공의 크기를 키워서 많은 빛을 받아들임.	· 홍채가 확대됨. → 동공이 작아짐. · 빛의 양이 많으니 동공의 크기를 줄여서 빛을 적게 받아들임.

내 의지로 움직임과 밝기를 통제하는 것에 익숙해지자 나는 거대한 눈을 향해 서서히 다가갔다. 가장 먼저 나를 맞이한 것은 **홍채의 바깥을 감싸는 투명한 막인 각막**이었다. 각막을 지나는 순간 내 의지와 무관하게 진행 방향이 꺾이며 일직선으로 나아갔다. 각막을 지나자 **눈동자의 중심인 까만색의 동공**이 나타났다. 동공에는 홍채가 연결되어 있었는데, **홍채는 동공의 크기를 조절**하고 있었다.

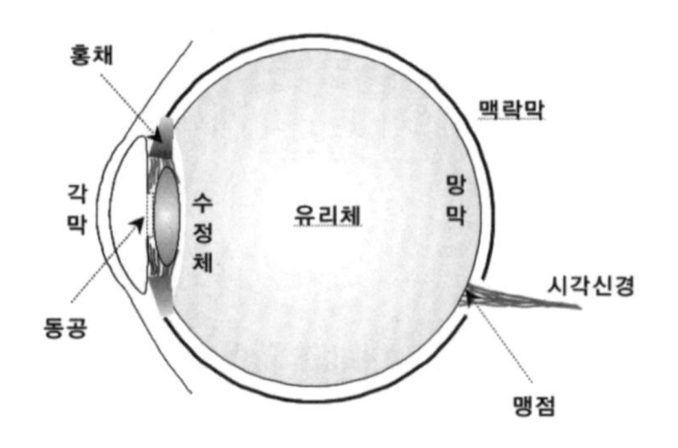

홍채를 지나자 거대한 렌즈가 나타났다. 바로 **볼록렌즈 모양으로 빛이 굴절되는 정도를 조절하는 수정체**였다. 수정체에서는 또다시 내 의지와 무관하게 내가 가려는 방향이 굴절되었다. 나는 **눈 안을 채우는 투명한 물질인 유리체**를 지나갔다. 검은색 색소로 눈 속을 감싸는 맥락막 때문에 유리체는 온통 검은색이었고, 내가 지나가는 곳만 환하게 빛났다.

유리체를 지나자 드디어 망막에 도달했다. **망막은 시각 세포가 분포하여 상이 맺히는 부분**이기에, 내 몸의 형상이 잠깐이지만 선명하게 드러났다. 다른 감각은 아무것도 느껴지지 않는데 내 몸이 거울에 비치듯이 망막에 나타나니, 이방인의 몸 같았다. 망막에 이르자 신경망이 나를 잡아 당겼다. 나는 신경망이 당기는 대로 흘러가다가 순간적으로 검은 공간을 통과했다. 그곳은 **시각신경이 모여서 지나가는 부위인 맹점**이었다. **맹점에는 시각세포가 없기 때문에 이곳에 맺히는 상은 볼 수 없다.**

맹점을 지나자 드디어 대뇌로 가는 길인 시각신경의 다발이 나타났다.

시각신경은 시각세포가 받아들인 빛을 대뇌로 전달한다.[13] 그러니 나는 이제 대뇌로 가게 될 것이다. 대뇌는 아마 에이다의 핵심 알고리즘이 저장되어 작동하는 공간일 것이고, 제우스의 아이들이 에이다를 통제하기 위해 노리는 최종 과녁일 것이다.

당연히 대뇌로 곧바로 갈 줄 알았는데 갑자기 거대한 벽에 부딪친 것 같더니 내가 튕겨져 나갔다. 나는 다시 동공 앞에 있었다. 의지를 발휘해 수정체로 접근했다. 수정체에서 방향이 꺾이며 유리체를 통과해 망막으로 향했다. 그런데 망막에 도달하지 않았는데도 내 몸의 형상이 유리체 안에 나타났다. 그러자 아무리 앞으로 나아가려 해도 갈 수가 없었다. 발버둥을 쳤더니 다시 동공 앞으로 밀려났다. 나는 포기하지 않고 다시 수정체를 향해 나아갔다. 수정체에서 굴절된 뒤에 유리체를 지나 망막으로

---

13 시각의 전달 경로

빛 → 각막 → 동공 → 수정체 → 유리체 → 망막(시각세포) → 시각신경 → 대뇌

- 각막 : 홍채의 바깥을 감싸는 투명한 막. 빛이 수정체를 통과하도록 굴절시킨다.
- 동공 : 빛이 들어가는 부분. 겉에서 보기에 눈동자의 중심으로 까맣게 보인다.
- 홍채 : 동공의 크기를 조절하여 눈으로 들어오는 빛의 양을 조절한다.
- 수정체 : 볼록렌즈 모양으로 빛이 굴절되는 정도를 조절한다.
- 유리체 : 눈 안을 채우고 있는 투명한 물질.
- 망막 : 시각 세포가 분포하여 상이 맺히는 부분.
- 맥락막 : 검은색 색소가 있어서 눈 안쪽을 어둡게 한다.
- 맹점 : 시각신경이 모여서 지나가는 부위로, 시각 세포가 없다. 맹점에는 시각세포가 없기 때문에 이곳에 맺히는 상은 볼 수 없다. 한쪽 눈을 가린 채 외눈으로 보면 눈에 상이 맺히지 않는 특정한 지점이 있음을 확인할 수 있다.
- 시각신경 : 시각 세포가 받아들인 빛의 자극을 대뇌로 전달한다.

다가갔다. 이번에는 망막에 무사히 도착했다. 그런데 내 몸의 형상이 나타나지 않았다. 초점이 망막 너머에 맞춰졌기 때문이다. 여러 번 더 시도했지만 결과는 마찬가지였다. 망막 앞에 상이 맺히거나, 망막 뒤에 초점이 형성되면서 상이 흐릿하게 맺혔다. 한참 고생한 뒤에야 내가 어떤 일을 겪는지 알아차렸다. 문제는 수정체였다.

수정체는 그 두께를 조절해 빛을 망막에 제대로 맺히게 한다. **가까운 곳을 볼 때는 수정체가 두꺼워져서 빛을 최대한 많이 굴절시켜야 망막에 상이 제대로 맺힌다. 먼 곳을 볼 때는 수정체의 두께가 얇아져서 빛을 살짝만 굴절시키면 망막에 상이 정확히 맺힌다.**

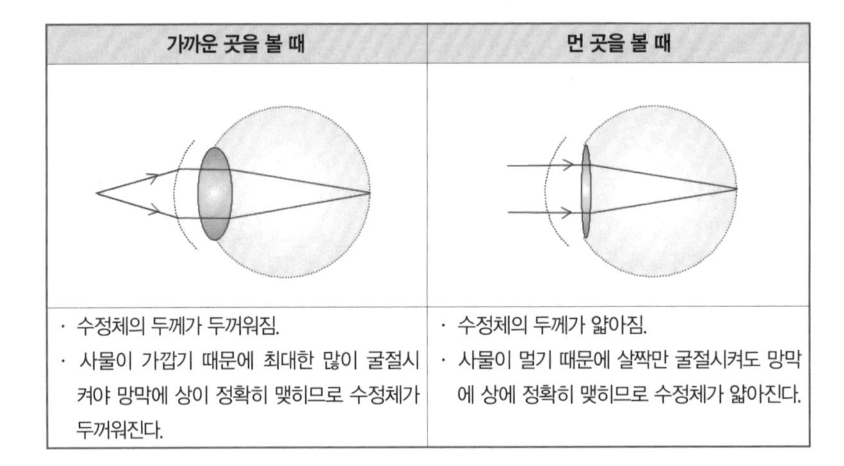

가까운 곳을 볼 때	먼 곳을 볼 때
· 수정체의 두께가 두꺼워짐. · 사물이 가깝기 때문에 최대한 많이 굴절시켜야 망막에 상이 정확히 맺히므로 수정체가 두꺼워진다.	· 수정체의 두께가 얇아짐. · 사물이 멀기 때문에 살짝만 굴절시켜도 망막에 상에 정확히 맺히므로 수정체가 얇아진다.

수정체의 두께가 적절하게 조절되어야 상이 망막에 정확하고 선명하게 맺히고, 두께를 적절하게 조절하지 못하면 망막에 상이 정확히 맺히

지 않게 된다. **근시는 가까운 곳이 잘 보이고, 원시는 먼 곳만 잘 보인다.** 이는 **수정체와 망막 사이의 거리가 정상에서 벗어나거나, 수정체의 두께가 상대적으로 두껍거나 얇아지면서 벌어지는 현상**이다.

구분	근시	원시
증상	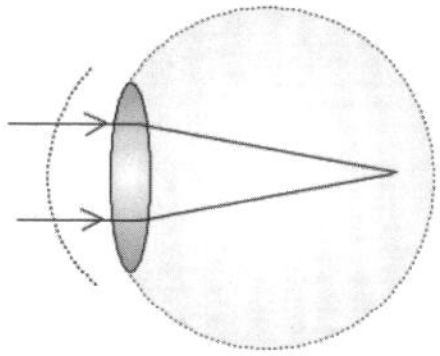 상이 망막 앞에 맺힌다.	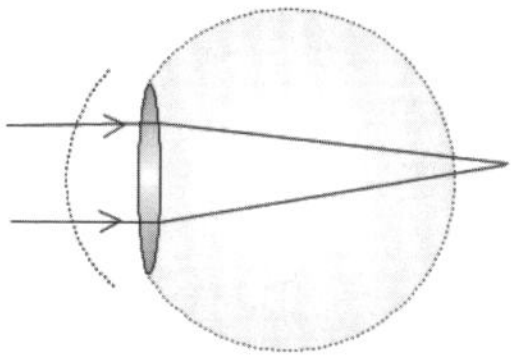 상이 망막 뒤에 맺힌다.
원인	수정체와 망막 사이의 거리가 정상보다 길거나, 수정체가 두껍다.	수정체와 망막 사이의 거리가 정상보다 짧거나, 수정체가 얇다.
해결책	오목렌즈 : 상이 뒤로 물러나게 함.	볼록렌즈 : 상이 앞으로 당겨지게 함.

내가 대뇌로 접근하려면 망막에 상이 정확히 맺혀야 했다. 나는 먼저 수정체의 두께를 조절했다. 처음에는 망막에 정확히 초점이 맞지 않았지만 몇 번 시도하면서 정확도를 높였고, 마침내 망막에 선명한 상이 맺혔다.

나를 끌어당기는 힘에 이끌려 맹점을 지난 뒤에 시각신경을 타고 대뇌로 가려는데, 어떤 벽이 느껴졌다. 그건 원래부터 있던 장치가 아니었다. 보통의 눈에는 그런 게 없다. 그렇다면 이유는 하나다. 먼저 침입한 놈들이 여기에 장벽을 설치한 것이다. 나는 최대한의 의지력을 발휘해 시각신경에 끌려가지 않도록 애쓰면서 손을 앞으로 뻗었다. 손을 뻗는다고 생각하자 미묘한 감각이 빛의 형태로 앞으로 뻗어나가면서 주변을 인식했다. 처음에는 거대한 벽이었는데 손의 감각을 끌어올리자 점점 작아지더니 새끼손가락만 한 작은 직육면체로 바뀌었다. 손으로 그것을 움켜쥐자 나를 가로막은 힘이 사라졌다. 꽉 막힌 물길이 열리듯, 정체된 도로가 뚫리듯 시원한 기운이 흘렀다.

그 직육면체는 일종의 칩이었다. 내가 신경을 집중하자 직육면체 내부가 보였고, 조금 뒤에는 칩에 심어놓은 알고리즘까지 파악할 수 있었다. 그 칩은 시각 정보를 왜곡하거나 검열해서 에이다의 시각 기능을 통제하고 있었다. 나는 제우스가 에이다의 알고리즘에 손을 댔다고 믿었는데, 만약 이런 칩을 심어놓았다면 에이다의 핵심 알고리즘을 건드리지 않더라도 에이다를 속이는 게 가능했겠다는 생각이 들었다. 아마도 그들은 시각 정보뿐 아니라 다른 감각을 통제하는 칩도 설치했을 것이다.

에이다의 정보는 대부분 시각과 청각의 형태로 들어온다. 후각과 미각 정보도 전기신호로 바꾸어서 에이다에게 입력되지만 그것은 에이다의 판단에 그다지 영향을 미치지 않는다. 에이다의 알고리즘은 입력된 정보에 의해 작동한다. 문자로 인식되는 정보 외에 가장 큰 영향을 끼치는 것이 시각과 청각이다. 시각과 청각을 장악하면 에이다의 대뇌를 장악하지 못해도 에이다를 제멋대로 통제할 수 있다. 정보가 바뀌면 판단도 바뀌는 법이다. 나는 그제야 에이다가 왜 나를 선택했는지 정확히 이해했다. 나는 16기지의 단원들을 빼내기 위해 정보를 조작했다. 그들에겐 익숙하고 나에겐 익숙하지 않은 공간에서 미지의 범인들과 대결하면 내가 불리하다. 그들을 낯선 공간으로 던지고 그 안에서 살게 하면 내가 원하는 대로 그들을 통제할 수 있다. 함정을 파서 그들을 끌어들이는 것도 더 쉽다. 에이다는 그 뛰어난 알고리즘으로 내 의도를 알아챘다. 정보 조작의 효과를 정확히 아는 내가 제우스의 아이들이 하려는 짓을 간파할 뿐 아니라, 막아낼 수 있다고 계산한 것이다.

대뇌로 가기에 앞서 청각 기능을 조작하는 칩을 제거해야 했다. 청각기관으로 가야겠다고 마음먹자마자 내 앞에 거대한 귀가 나타났다. 어둠 속에는 오직 귀만 있었다. 이번에는 내 몸이 빛이 아니라 어떤 떨림이 되었다. 소리의 파동이 바로 나였다. 파동뿐이었지만 내 존재가 확실히 인식되었다. 따지고 보면 인간은 파동이다. 물질은 곧 파동이고, 파동이 곧 물질이니까.

이미 의지로 나를 조절하는 데 익숙해졌기 때문에 귀로 접근하는 것은 자유로웠다. **귓바퀴**에서 소리의 파동이 모였다. 귓바퀴에서 모인 소리는 **외이도**를 지나 고막으로 향했다. **고막은 외이도 끝에 달린 얇은 막**인데, 소리가 도달하자 진동을 일으켰다. 나를 이루는 파동이 고막과 함께 떨렸다.

고막에서 일어난 떨림은 **귓속뼈에서 크게 증폭**되었다. 파동으로 된 내 몸이 수십 배는 커졌다. 엄청난 증폭이 일어난 소리가 달팽이관으로 전달되었다. **달팽이관에는 청각세포가 무수히 많이 존재**했다. **청각세포들은 진동을 자극으로 받아들여 청각신경으로 전달**했다. **청각신경은 청각세포가 받아들인 소리의 자극을 대뇌로 전달하는 역할**을 한다.[14]

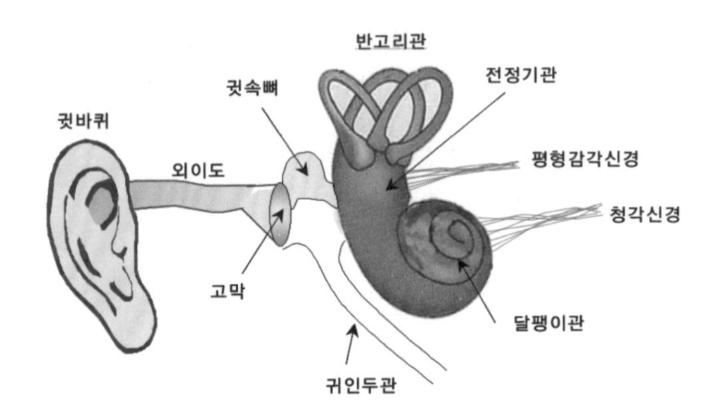

그대로 청각신경을 타고 가면 대뇌에 이른다. 나는 또다시 의지를 강하게 발휘해 제자리에 멈췄다. 칩이 있는지 찾기 위해 감각을 최대치로 끌어올리고 주변을 수색했다. 시각을 왜곡하는 칩을 찾아낸 경험은 청각을 왜곡하는 칩을 찾는 데 도움이 되었다. 얼마 지나지 않아 칩을 찾아

---

14 청각의 전달 과정

소리 → 귓바퀴 → 외이도 → 고막 → 귓속뼈 → 달팽이관(청각세포) → 청각신경 → 대뇌

- 귓바퀴 : 소리를 모으는 역할을 한다.
- 외이도 : 귓바퀴에서 모인 소리가 지나가는 통로.
- 고막 : 외이도 끝에 달린 막으로, 귓바퀴로 들어온 소리에 진동한다.
- 귓속뼈 : 고막의 진동을 증폭시켜 달팽이관으로 전달하는 역할을 한다.
- 달팽이관 : 청각세포가 분포하는 기관. 진동을 자극으로 받아들여 청각신경으로 전달한다.
- 청각신경 : 청각세포가 받아들인 소리의 자극을 대뇌로 전달한다.

냈다. 이번에도 손에 올려놓고 자세히 노려보자 칩 안의 알고리즘이 보였다. 역시 정보를 왜곡하거나 조작해서 에이다를 속이는 알고리즘이었다.

칩을 제거하고 후각기관으로 이동하려는데, 갑자기 어지러워지며 중심을 잡을 수가 없었다. 기묘한 압력이 가해지며 웅웅대는 소음이 나를 괴롭혔다. 이런 현상이 벌어지는 이유를 찾다가 귀의 또 다른 기능에 생각이 미쳤다. **귀는 청각기관이면서 평형감각기관**이다. 청각이 소리의 파장을 자극으로 받아들여 느끼는 감각이라면, **평형감각은 몸의 회전, 기울어짐, 위치 변화 등을 느끼는 감각**이다. 내가 겪는 기묘한 현상은 그들이 평형감각에 심어놓은 칩 때문에 발생했을 가능성이 높았다.

나는 힘들게 반고리관으로 이동했다. **반고리관은 회전감각을 느끼는 기관으로, 회전 자극을 받아들여 몸이 어느 방향으로 움직이는지 느낀다.** 내 예상대로 반고리관 안에 칩이 심겨 있었다. 이 칩은 정보를 수집하고 왜곡하는 것이 아니라 자신들의 뒤를 추적하는 나를 막기 위한 용도였다. 반고리관에 심어진 칩을 제거했는데도 여전히 중심을 잡기 힘들었다. 나는 전정기관으로 갔다. **전정기관은 위치 감각을 느끼는 기관으로, 중력에 의해 몸이 기울어진 정도와 위치의 변화를 느낀다.** 전정기관에 설치된 칩마저 찾아 제거하고 나니, 비로소 어지러움이 사라지고 몸이 다시 내 통제권으로 돌아왔다.

나는 마지막으로 몸에 가해지는 압력을 없애기 위해 귀인두관으로 갔다. **귀인두관은 고막 안쪽과 바깥의 압력이 같아지도록 조절하는 기관**이다.

물속, 고산지대, 비행기 등에서 웅웅거리는 소음이 들리는 경우가 있는데, 이는 귀 내부와 바깥의 압력 차이 때문이다. 해녀들이 바닷속으로 들어가 해산물을 채취할 때 이퀄라이징이란 것을 하는데, 이는 귀 내부의 압력과 물의 압력을 같게 만드는 작업이다. 귀인두관에 설치된 칩을 제거하자 나를 괴롭히던 현상이 모두 사라졌다.

다음은 후각기관으로 가야겠다고 생각한 순간, 나는 어느새 코의 비강 안으로 들어와 있었다. 코는 후각을 담당하는 기관으로, **후각은 기체 상태의 화학물질에 실린 냄새를 느끼는 감각**이다. **비강은 코 안에 있는 넓은 구멍**으로 숨을 쉴 때 **비강에서 외부의 불순물을 걸러내고, 온도와 습도를 조절하며, 항균물질도 분비**한다. 공기는 비강을 거치면서 폐로 들어가기에 적절한 상태가 된다. 비강의 천장에는 **후각상피**가 있고, **후각상피 안에 후각세포가 있어서 냄새를 맡는다.** 후각상피는 점액질로 덮여 있는데, 비강으로 냄새 분자가 들어오면 후각상피의 점액질에 달라붙어서 자극을 가한다. 그 **자극을 후각세포가 감지하고 후각신경을 통해 대뇌로 전달**한다.[15] **후각은 분자가 달라붙으면 느끼는 감각이므로 많은 분자가 달라붙**

---

15 후각 전달 경로

기체 상태의 화학물질 → 후각상피(후각세포) → 후각신경 → 대뇌

※ 참고 : 개는 사람보다 1만 배 이상 후각 능력이 뛰어나다. 개는 후각세포가 사람보다 수십 배 많고, 마약 탐지견 같은 경우는 60배나 된다. 개는 뇌의 크기가 인간의 10% 정도밖에 안 되지만 후각을 담당하는 부위는 사람보다 4배 정도 크다.

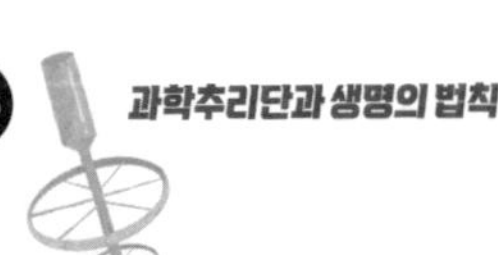

으면 둔감해진다. 그래서 후각세포는 쉽게 피로해지며 같은 냄새를 계속 맡으면 감각이 둔해지는 것이다. 방귀 냄새가 처음엔 독하게 느껴지지만 시간이 지나면 약하게 느껴지는 이유도 이런 특성 때문이다.

나는 기체분자가 되어 후각세포에 달라붙었다. 후각신경으로 이동해 제우스의 아이들이 설치한 칩을 찾았다. 시각과 청각은 대뇌로 전달하는 신경망에 칩을 설치해 놓았기에 당연히 후각신경에도 칩이 있을 줄 알았는데, 후각신경을 아무리 뒤져도 칩이 없었다. 후각에는 칩을 설치하지 않았다고 결론을 내리고 이동하려다, 문득 어떤 직감이 들었다. 후각은 인간에게는 중요하지만 에이다에게는 시각, 청각, 문자에 비하면 중요성이 한참 떨어진다. 그렇다면 이곳에는 정보를 왜곡하거나 통제를 할 이유가 없다. 나라면 무엇을 할까?

나는 후각의 특성에 주목했다. 후각은 기체를 감지해서 느낀다. 기체가 너무 많아지면 둔화되어 감각이 마비된다. 만약에 별 쓸모도 없는 후각에서 엄청난 정보가 쏟아져 들어가면 어떻게 될까? 에이다의 정보처리 기능에 문제가 생기지 않을까? 문제까지는 아니더라도 과부하가 걸리면서 제대로 된 정보를 다루는 데 어려움을 겪을 수 있다. 그래서 나는 후각신경이 아니라 후각세포를 뒤졌다.

역시 내 예상이 맞았다. 후각세포에 심어진 칩에는 비슷한 정보를 교묘하게 뒤틀어 무한대로 증식시키는 알고리즘이 장착되어 있었다.

후각세포에서 칩을 제거하고 곧바로 미각기관으로 이동했다. **미각은 액체 상태의 화학물질에 깃든 맛을 느끼는 감각**이다. 나는 혀 위에 있었고 액체 상태였다. 혀의 표면에는 **돌기**가 수없이 나 있고, 돌기 옆에 **맛봉오리**가 있다. **맛봉오리에는 맛 세포들이 모여 있다. 맛봉오리에는 미각신경이 이어져 있어서 맛을 뇌로 전달**한다. 혀는 **액체물질에서만 맛의 자극을 느낀다. 맛의 종류는 다섯 가지로 단맛, 짠맛, 쓴맛, 신맛, 감칠맛**이다. 매운맛은 미각이 아니라 피부가 느끼는 통증이다. 매운맛을 내는 음식은 입 주변이나 피부에 닿아도 통증이 느껴진다.

맛은 다른 피부에서는 느낄 수 없고 오직 혀에서만 느껴지는 감각이다. 코와 입은 연결되어 있어서 입안으로 들어온 음식의 향은 코의 후각세포를 자극한다. 그래서 냄새가 좋으면 더 맛있다고 느끼게 된다. 대뇌는 후각과 미각을 종합하여 맛을 느끼므로, 코가 막히면 맛도 제대로 느끼지 못한다.

나는 미각신경부터 맛 세포까지 샅샅이 뒤졌다. 그러나 아무리 뒤져도 칩이 없었다. 그러다가 이곳에는 칩이 있을 이유가 없다는 결론을 내렸다. 인간에게 미각은 매우 중요한 감각이다. 먹는 즐거움이 사라진 삶은 슬프고 괴롭다. 맛있는 음식을 먹고 싶다는 욕망은 과도한 탐욕의 근원이기도 하다. 그런데 에이다에게는 맛을 느끼는 기관이 필요 없다. 물론 에이다도 인간과 똑같이 에너지가 필요하지만, 그 에너지의 형태가 다를 뿐이다. 이 메타버스에 인체의 기관을 본뜬 기관이 설치되어 있는 것은 에이다에게도 어떤 역할을 하기 때문이다. 그리고 입이 무엇을 하는 기관인지는 분명하다. 입은 맛을 느끼기도 하지만, 에너지를 공급하는 통로다. 음식을 먹지 않으면 인간은 죽는다. 에이다는 전기가 공급되지 않으면 작동이 멈춘다. 하지만 입은 에이다에게 전기를 공급하는 통로가 아니다. 그렇다면 왜 입이 있을까? 공급이 아니라면 차단이 목적일 것이다. 즉, 내가 찾아야 할 것은 공급 장치가 아니라 차단장치다.

찾는 방향을 바꾸자 나는 입안이 아니라 입 밖으로 나가야 한다는 걸 깨달았다. 내 몸이 입 밖으로 벗어났다. 입술 옆에 장치 하나가 있었는데, 그건 바로 전기 차단장치였다. 이 차단장치는 최후의 안전장치였다. 에이다가 어떤 목적에서 벗어나게 되었을 때, 통제 불능 상황에 빠졌을 때 강제로 정지하는 장치였다. 안전장치 위에는 암호가 설정되어 있는데, 내 권한으로는 어떻게 할 수가 없었다. 그래서 나는 그 위에 또 다른 암호장치를 설치해 버렸다. 내가 설치한 암호장치가 얼마나 강력할지는 모르지만 최소한의 방어 효과는 발휘할 것이라고 믿었다.

다음으로 촉감을 느끼는 기관으로 가려고 했지만 아무런 반응이 없었다. 에이다 내부에 촉감을 감지하는 기관은 없었다. 감각기관이 마무리되었으니 이제 에이다의 핵심인 뇌로 가야 했다. 미각신경을 타고 대뇌로 향했다. 미각신경은 뉴런으로 이루어져 있었다. 미각신경뿐 아니라 감각을 중추신경으로 전달하는 시각, 촉각, 미각, 청각신경들은 다 뉴런으로 이루어져 있다. **뉴런은 신경계를 이루고 있는 신경세포**다. **신경은 뉴런들이 모여서 만든 다발인 신경조직**을 말하고, **뉴런은 신경세포 하나를 의미**한다. **뉴런은 가지돌기, 신경세포체, 축삭돌기로 이루어져 있다.**[16]

뉴런의 종류는 세 가지로 감각뉴런, 연합뉴런, 운동뉴런이 있다. 나는 반응을 전달하는 자극이 되어 중추신경으로 이동하는 중이므로 감각뉴런을 타고 이동했다. **감각뉴런은 감각기에서 받아들인 자극을 연합뉴런으로 전달**한다. **가지돌기가 발달해 있고, 축삭돌기 한쪽에 신경세포체가 위치**한다.

감각뉴런을 타고 대뇌를 향해 이동하는데, 자꾸 이상한 감각이 나를 자극했다. 신경세포체를 지날 때마다 미세한 변화가 일어났다. 처음엔 그

---

16 뉴런

가지돌기+신경세포체+축삭돌기

- 가지돌기 : 나뭇가지처럼 생긴 작은 돌기로, 감각기나 다른 뉴런에서 자극을 받아들인다.
- 신경세포체 : 핵과 세포질이 있어서 신경세포가 살아가는 데 필요한 생명 활동을 한다.
- 축삭돌기 : 굵고 길게 뻗은 돌기로, 가지돌기에서 받은 자극을 다른 뉴런이나 반응기로 전달한다.

대로 넘어갔지만 계속 반복되니 무시할 수 없었다. 움직임을 멈추고 신경 세포체를 조사했더니 거기에도 칩이 있었는데, 그 칩은 조금 전에 설치된 것이었다. 신경 말단뿐 아니라 전달경로에도 칩을 설치해 감각을 왜곡하고 통제하려는 의도였다. 빨리 뇌로 이동해야 하지만 감각뉴런에 설치된 것을 그냥 내버려둘 수는 없었다. 그렇다 보니 곳곳을 돌아다니며 설치한 칩을 모조리 제거하느라 꽤 많은 시간을 써야 했다.

감각뉴런을 타고 다음으로 도착한 곳은 연합뉴런으로 이루어진 척수였다. **연합뉴런은 뇌와 척수를 구성하며, 짧은 가지돌기가 특별히 발달**해 있다. 뇌와 척수는 수많은 연합뉴런들이 서로 연결되어 있다.

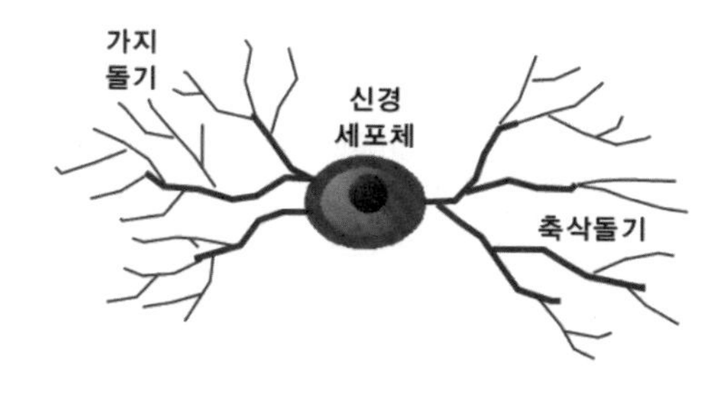

척수의 연합뉴런을 조사했지만 다행히 칩은 없었다. 그런데 척수를 타고 흐르는 운동뉴런에서 또다시 이상한 신호가 잡혔다. 운동뉴런에도 칩이 심겨 있었다.

감각기관을 통해 입력된 자극이 감각뉴런을 거쳐 들어오면, 연합뉴런이 자극을 종합하고, 판단하여 적절한 신호를 운동뉴런으로 보낸다.[17] **운동뉴런은 연합뉴런의 명령을 반응기로 전달**한다. **운동뉴런은 축삭돌기가 매우 길고 신경세포체가 꽤나 크며, 일부 운동뉴런은 감각뉴런과 직접 연결되어 있어 빠르게 반응하기도 한다.**

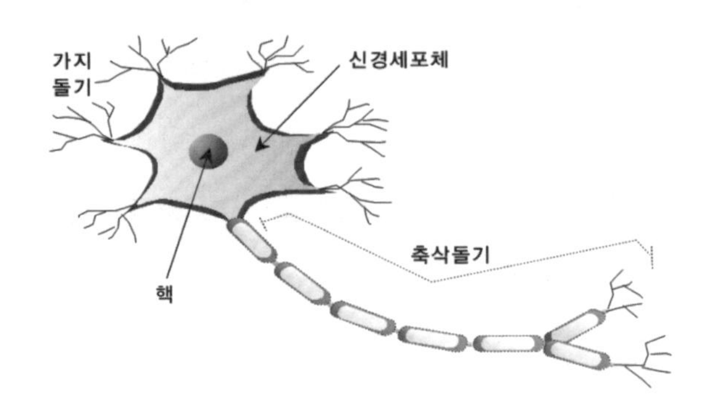

운동뉴런에 설치된 칩은 이제껏 제거한 칩과는 성격이 달랐다. 그것은 바로 로봇을 통제하기 위한 칩이었다. 로봇을 통제하면 정보를 통제하는 것과는 차원이 다른 문제가 생긴다. 로봇은 물리력이다. 물론 지금 제2지구에서 움직이는 로봇은 전투용이 아니다. 에덴의 아침 프로젝트

---

17 자극과 반응의 전달경로

자극 ⇒ 감각신경(감각뉴런) ⇒ 중추신경(연합뉴런) ⇒ 운동신경(운동뉴런) ⇒ 반응

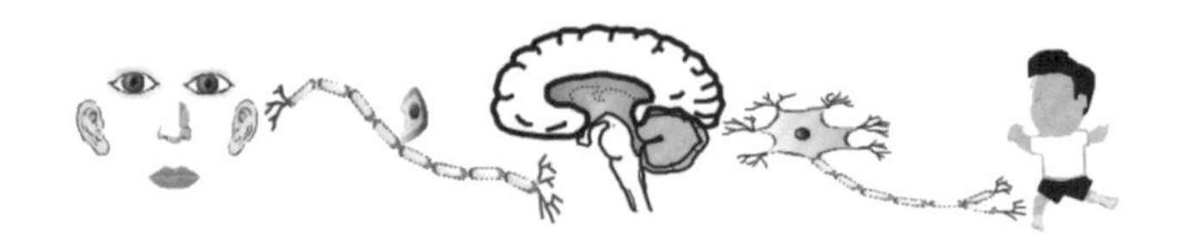

에서는 전투용 로봇이 철저히 금지되어 있다. 모든 로봇은 생산과 의료, 시스템 관리에 관한 활동만 하며, 심지어 동물도 죽이지 못한다. 그런데 만약 제우스의 아이들이 운동뉴런에 설치한 칩이 작동하면 그들은 로봇을 마음대로 통제하게 된다.

그런 걱정을 하며 칩을 분석했는데, 다행히 칩의 성능에 한계가 있었다. 에이다가 내리는 명령을 일부 조작할 수는 있지만 근본적으로 통제할 수는 없었다. 로봇 자체에 독립적이면서 강력한 알고리즘이 장착되어 있기 때문이었다. 다만 에이다의 운동신호를 완전히 차단하는 것은 가능했다. 그러니 핵심 문제는 통제가 아니라 차단이었다. 만약 에이다가 내리는 운동 신호를 막아버리면 에이다는 로봇들을 통제해서 임무를 수행하는 능력을 상실한다. 에이다의 진짜 힘은 빠른 계산과 놀라운 지식보다도, 모든 전자기기와 로봇을 통제하는 능력에서 온다. 그 물리력으로 우리가 규칙에서 벗어나는 일을 하지 못하게 막을 수 있다. 그런데 운동뉴런의 신호를 막아버리면 에이다는 천재지만 움직일 수 없는 식물인간과 마찬가지 상태가 된다. 엄청난 정보가 들어오지만 몸을 움직이지 못하는 것과 비슷하다. 그들의 꼼꼼함과 철저함에 놀라지 않을 수 없었다.

나는 운동뉴런을 돌아다니며 그들이 설치한 칩을 모조리 제거하고 나서 척수로 향했다. 척수를 지나면 드디어 뇌다. 에이다의 모든 정보처리와 저장장치가 밀집된 곳, 에이다 능력의 핵심이 집약된 곳이다. 저곳이 바로 에이다다. 그리고 난 '그들'이 느껴졌다. 제우스의 아이들이 발산하는 신호가 감지되었기 때문이다. 정확한 위치는 모르겠지만 움직임은 확실히 전해졌다. 나는 마음을 다잡고 중추신경계로 진입했다. **중추신경계는 뇌와 척수로 이루어졌으며, 감각기관에서 받아들인 자극을 종합하고 판단하여 신체 곳곳으로 명령을 내리는 기관**이다. 인간을 인간이게 하는 핵심 기관이 바로 중추신경계다.

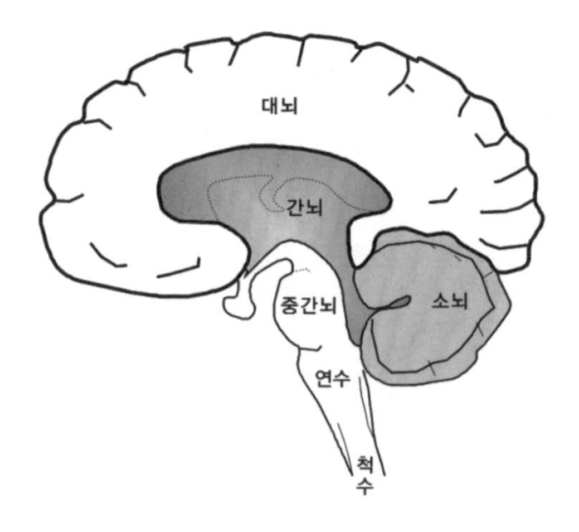

가장 먼저 갈 곳은 대뇌였다. 대뇌야말로 뇌의 핵심 중 핵심이기 때문이다. 내가 대뇌로 이동하겠다고 마음먹자 신경계가 작동하며 엄청난 속도로 내 몸이 이동했다. **대뇌는 두 개의 반구로 이루어져 있으며, 여러 자극을 종합하고 해석하고 판단하여 몸의 여러 기관에 명령을 내린다. 또 기억하고 추리하고 감정을 느끼는 등 복잡한 정신활동을 담당**한다.

대뇌에 이르자 엄청난 신호들이 쏟아졌다. 극대화된 내 집중력으로도

도저히 따라갈 수 없는 신호였다. 에이다의 계산능력은 인간의 뇌로는 감히 흉내 낼 수 없는 수준이었다. 정보처리와 기억의 중추인 대뇌를 모조리 장악하는 알고리즘을 만든다는 건 불가능해 보였다. 이 모든 걸 바꿀 수는 없다. 내가 제우스의 아이들이라면 무엇을 바꿀까? 무엇을 건드리면 자기들 뜻대로 대뇌를 통제할 수 있을까?

질문을 던지자 곧바로 답이 나왔다. 의외로 답은 간단했다. 에이다는 복잡한 알고리즘의 집약체지만, 그 바탕에는 절대 어기면 안 되는 규칙으로 구성된 핵심 알고리즘이 있다. 인간으로 따지면 가치관이나 세계관이다. 그 핵심 알고리즘을 바꾸면 에이다의 활동 방향이 바뀐다. 그렇다면 무엇을 바꾸면 될까? 제우스의 명령을 최우선으로 놓으면 된다. 그저 그 규칙 하나만 추가하면 끝이다. 다른 건 아무것도 필요 없다.

물론 핵심 알고리즘을 고치는 것은 쉽지 않다. 제1규칙을 바꾸는 건 엄청 어렵다. 그러나 의외로 간단한 방법이 있다. 제1규칙이 아니라 1보다 앞선 규칙, 즉 0의 규칙을 추가하면 되기 때문이다. 에이다는 결국 수학적 언어를 바탕으로 한 인공지능이므로, 1보다 작은 수인 0은 간단하게 추가할 수 있다. 서둘러야 했다.

나는 의지와 감각을 최대치로 끌어올려 에이다의 핵심 알고리즘으로 접근했다. 그곳에 제우스의 아이들은 없었다. 예상대로 제1규칙 앞에 제0의 규칙이 추가되어 있었다. 코딩은 간단했지만 단단했다. 나는 안 되는 줄 알면서 수정을 시도해 봤지만, 꿈쩍도 하지 않았다. 고심 끝에 나도 그들과 같은 방법을 쓰기로 했다. 나는 0의 규칙을 무시하는 새로운 알고리즘을 만든 뒤 규칙의 번호를 −1로 설정했다. −2규칙도 만들었는데, 그것은 −2보다 적은 숫자의 규칙은 불가능하다는 제한이 걸린 알고리즘이었다. 알고리즘에는 양자암호를 걸어, 혹시라도 모를 위험에 대비했다.

그들이 내뿜는 신호가 여전히 뇌에서 감지되었다. 일단 소뇌를 방문했다. **소뇌는 근육운동을 조절하고 몸의 자세와 균형을 조절하는 역할**을 한다. 운동선수들 중에는 소뇌가 발달된 경우가 많다. 에이다의 소뇌는 로봇의 활동을 통제하는 역할을 한다. 제우스의 아이들은 그곳에도 대뇌와 같은 방법으로 알고리즘을 삽입해 놓았다. 나는 같은 방법을 써서 그 알고리즘을 무력화했다.

이어서 중간뇌로 이동했다. **중간뇌는 동공의 크기, 안구 운동 등 시각기관을 통제**한다. 사고를 당한 사람이 의식불명일 때 불빛을 눈에 비추면서 동공 반응을 보는 것은 중간뇌가 제대로 작동하는지 확인하는 절차다. 에이다에서 중간뇌는 시각 정보를 통제하는 기능을 담당한다. 인간에게 시각은 절대적으로 중요한 감각이다. 그것은 에이다에게도 마찬가지다. 나는 그들이 중간뇌에 설치한 알고리즘도 같은 방식으로 막아버렸다.

이번에는 간뇌로 이동했다. **간뇌는 혈당량, 체온, 수분의 양 등 인체의 항상성을 유지**하는 기능을 수행한다. 몸을 일정하게 유지하는 역할이다. 에이다에게 그곳은 저장장치를 비롯한 하드웨어를 통제하는 영역이었다. 그들은 굳이 건드릴 이유가 없다고 판단했는지 이곳은 건드리지 않았는데, 그건 연수도 마찬가지였다.

연수는 척수와 연결되며 좌우 신경이 교차하고, 호흡, 심장박동, 소화와 같은 생명을 유지하는 기관과 활동을 조절한다. **연수는 침, 눈물, 재채기, 기침, 하품 등의 무조건 반사를 관장**한다. 에이다에게 이곳은 하드웨어 보호장치였다. 에이다의 하드웨어가 위험해질 때 하드웨어의 안전을 지키는 방어 시스템을 작동시키는 통제기관이었다.

나는 간뇌와 연수를 지나 척수에 이르렀다. 대뇌에 오기 전에 거쳤던 곳이었다. **척수는 척추 속에 위치하는데, 연수에 연결되어 있고 뇌와 말초신경을 연결하는 통로**다. 등 쪽의 척수에는 감각신경이 양쪽으로 연결되어 있고, 배 쪽 방향의 척수에는 운동신경이 양쪽으로 연결되어 있다. 척수는 말초신경과 연결되어 있으므로 척수의 아래쪽 부분을 다치면 하반신마비, 척수의 위쪽을 다치면 전신마비가 된다. **척수는 뜨거운 물체를 피하거나 가시에 찔렸을 때와 같은 위급한 상황의 반응, 무릎 반사 등의 무조건 반사를 관장**한다.

이렇게 척수는 인간에게 아주 중요한 기관이므로, 에이다에게도 무척 중요하다. 그런데 대뇌로 가기 전에 확인한 척수에는 아무런 장치도 없었다. 뭔가 이상하다는 생각이 들었다. 그들이 이곳을 그냥 둘 리 없었기 때문이다. 그리고 그런 내 예상이 맞았다.

그들은 바로 척수에 있었다. 드디어 그들을 따라잡았다. 내가 먼저 그들을 보았고, 곧이어 그들도 나를 보았다. 아주 짧은 차이였지만, 그 찰나의 차이는 매우 중요했다.

말초신경계는 중추신경계로 자극을 전달(감각신경)하고, 중추신경계의 명령을 각 기관으로 전달(운동신경)하는 신경계다. 운동신경계에는 체성신경계와 자율신경계가 있는데 **체성신경계는 대뇌의 명령을 전신의 근육으로 전달하여 몸의 움직임을 관장하고, 자율신경계는 대뇌의 조절을 받지 않는 신경계로 심장을 비롯한 각종 장기와 호르몬을 통제하여 몸의 환경을 일정하게 유지**한다.

자율신경계는 교감신경과 부교감신경으로 이루어져 있다. **교감신경은 위급 상황에 빠르게 대처하도록 돕는 역할**을 하며, **부교감신경은 위급 상황에 대비하여 에너지를 저장해 두는 역할**을 한다. 교감신경이 활성화되면 동공이 커지고, 땀의 분비가 촉진되며, 심장 박동수가 증가하고, 기관지가 확장되며, 혈관은 수축하고, 침과 위액의 분비 등 소화와 관련한 활동이 억제된다. 부교감신경이 활성화되면 동공이 수축하고, 땀의 분비는 감소하며, 심장 박동수가 감소하고, 일부 혈관이 확장되며, 기관지는 수축하고, 소화와 관련한 운동이 촉진된다.

구분	상태	동공	땀	심장 박동	기관지	혈관	침	위액
교감신경	긴장	확장	촉진	증가	확장	수축	억제	억제
부교감신경	이완	축소	감소	감소	축소	확장	촉진	촉진

제우스의 아이들을 만나자 내 교감신경은 극단적으로 활성화했다. 동

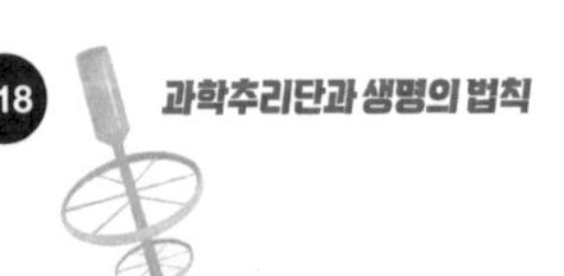

공이 커지고 땀이 촉진되었으며 심장이 빠르게 뛰고 혈관이 수축했다. 신경이 팽팽하게 긴장했고, 나는 즉각 공격에 나섰다.

신경계 안에서 이루어지는 공격은 의지로 발동된다. 내가 그들을 재빨리 발견한 덕분에 내 의지가 먼저 움직였고, 강력한 전기가 아폴론, 마르스, 오르도를 향해 날아갔다. 그들은 사람의 형상을 했지만 신경 신호의 다발이었다. 전기 충격이 가해지자 다발이 풀어지면서 마르스와 오르도는 쓰러졌다. 그러나 아폴론은 달랐다. 다발이 조금 풀어졌지만 곧바로 반격해 왔다. 운동신경을 타고 강력한 전기신호가 발생했다. 워낙 빠르게 반격해 온 탓에 정보를 처리하고 판단할 시간이 없었다. 가장 빠른 반응으로 대처해야 했다.

인간의 반응은 크게 의식적인 반응, 무조건 반사, 조건 반사로 나뉜다. **의식적인 반응은 대뇌의 판단 과정을 거쳐 의식적으로 일어나는 반응**이다. **무조건 반사는 대뇌의 판단 없이 무의식적으로 일어나는 반응으로 연수 반사와 중간뇌 반사, 척수 반사**가 있다. **연수 반사는 침과 눈물을 분비하고 재채기, 기침, 하품, 구토를 하는 반응**이다. **중간뇌 반사는 동공의 크기가 변화하는 반응**이다. **척수 반사는 뜨거운 물체에 닿거나 날카로운 물건에 찔렸을 때 순간적으로 피하는 반응**으로, 무릎뼈 아래를 고무망치로 가볍게 치면 다리가 올라가는 반응인 **무릎 반사**가 대표적이다.

조건 반사는 대뇌의 판단에 따라 일어나지만 무의식적으로 일어나는 반

사다. '파블로프의 개'는 조건 반사를 보여주는 실험으로 유명하다. 개에게 종을 두드리고 먹이를 주는 행위를 반복하면 나중에는 종만 두드려도 개가 음식을 기대하면서 침을 흘린다. 이처럼 조건 반사는 경험에 의해 익숙해지면서 판단하지 않고 자동으로 일어나는 반응이다. "자라 보고 놀란 가슴 솥뚜껑 보고 놀란다"라는 속담은 바로 조건 반사를 뜻한다. 운동선수들은 수많은 연습을 통해 자동으로 몸이 움직여지게 하는데, 이것은 조건 반사를 의도적으로 만드는 훈련이다.

의식적인 반응은 늦다. 나는 이런 상황에 대처하는 조건 반사를 훈련한 적도 없다. 남은 건 하나다. 무조건 반사밖에 없다.

설명은 길었지만 대응은 간단했다. 내 신경망은 아폴론의 공격에 맞서 무조건 반사로 반응했다. 열이 손에 닿을 때 움츠러들 듯이 아폴론의 공격을 방어하고, 무릎을 때리면 올라가는 다리로 아폴론을 공격했다. 무조건 반사는 빠르다. 척수에서 곧바로 반응하기에 그 어떤 반응보다 속도가 빠르다. 그 빠름은 아폴론이 방어할 시간을 빼앗았다. 내 공격은 적중했다. 강한 공격은 아니었지만, 아폴론에게 타격을 주기엔 충분했다.

아폴론 도대체 왜 우리를 막는 거야? 왜 방해해?

아이작 너희들이 옳지 않으니까.

아폴론 우리가 뭘 하려는지는 알아?

아이작 탐욕, 착취, 지배, 파괴… 인류가 그동안 저질렀던 어리석은 짓을 반복하려고 하지.

아폴론 그게 왜 어리석어. 그건 인류의 본능이야. 인간은 그렇게 살아야 해. 우리는 우주를 정복하고, 지배해야 한다고.

아이작 그건 인간의 본능이 아니야. 마치 본능처럼 보이지만 학습된 것이고, 문명이 이어지면서 악순환처럼 내려왔어. 그러니까 그것은 무조건 반사가 아니라 조건 반사 같은 거야. 조건 반사는 경험 때문에 형성됐어. 경험을 바꾸면 조건 반사도 바뀌게 돼.

아폴론 그게 무슨 말이야?

아이작 알아듣지 못했다면 됐어.

나는 곧바로 다시 공격을 가해 아폴론을 쓰러뜨렸다. 아폴론, 오르도, 마르스를 이루던 신경다발은 점점 흐트러지더니 마지막엔 회오리처럼 뒤틀리며 터졌다. 나는 척수에 칩을 하나 설치했다. 혹시라도 그들이 다시 대뇌로 진입하려면 반드시 통과해야 하는 관문이었다. 아예 뚫지 못할 관문은 아니지만 뚫고 지나가려면 꽤 오랜 시간이 걸리는 방해물이었다.

이렇게 나는 임무를 완수했다. 제우스의 아이들이 에이다를 장악하려는 음모를 막아냈다. 이제 메타버스에서 나가면 된다. 나가는 방법은 간단하다. 눈에 장착한 고글을 벗으면 된다. 고글을 막 벗으려는데, 위기를 알리는 다급한 신호가 울렸다. 그런데 한두 군데에서 오는 것이 아니라, 거의 모든 감각신경을 타고 거의 모든 곳에서 위험 신호가 쏟아져 들어왔다.

아이작 에이다, 무슨 일이야?

간절하게 에이다를 불렀지만 아무런 답이 없었다. 왜 위험 신호가 발생했는지 알아내고 문제를 해결할 사람은 나밖에 없었다. 오롯이 내가 책임질 문제였다.

혼란을 가라앉히고 정신을 집중했다. 손을 감각신경에 댔다. 처음에 흐릿하던 자극이 점점 진해졌다. 손끝으로 전해진 신호가 내 신체에도 똑같은 반응을 일으켰다. 체온이 제멋대로 올랐다가 내려갔다. 몸이 펄펄 끓듯이 뜨거워졌다가 감기에 걸린 것처럼 오한이 들었다. 그다음에는 심장이 마구 뛰다가 느리게 뛰기를 반복했다. 혈액에서도 이상한 변화가 감지되었다. 포도당의 양이 급증하더니 느닷없이 줄어들었다. 몸의 수분이 과도하게 공급되는 듯하더니 일순간에 빠져나가는 듯했다.

아이작 인체의 항성성에 문제가 생겼어.

체온, 혈당량, 기온 등 몸 안과 밖의 환경이 바뀌더라도 몸의 상태를 일정

하게 유지하려는 성질을 항상성이라고 한다. 항상성이 무너지면 신체의 균형이 깨지고 생명 활동에 문제가 생긴다. 항상성은 호르몬과 신경에 의해 유지되는데, **항상성을 조절하는 중추는 '간뇌'**다.

신체뿐 아니라 우리의 감정과 지식에서도 균형이 중요하다. 감정이 어느 한쪽으로 지나치게 치우치면 판단력이 흐려지고 거기에 붙잡힌다. 지식도 마찬가지다. 한쪽으로 치우치면 다양한 문제를 적절하게 판단하지 못하고 자기 관점에서만 세상을 보게 된다. 한 사람이 모든 면에서 균형을 잡기는 힘들다. 그래서 우리는 여러 사람의 지혜가 필요하다. 함께 모여서 의논하고, 소통하고, 귀담아 들어야 한다. 그래서 민주주의가 필요하다.

컴퓨터 시스템도 온도, 속도, 전압 등의 균형이 중요하다. 알고리즘도 마찬가지다. 알고리즘이 제대로 작동하려면 항상 균형이 유지되어야 한다. 인공지능은 자칫하면 위험한 판단을 내릴 수 있다. 그 위험성을 막기 위해 균형을 잡아야 한다. 인간의 일은 복잡하고 선택은 쉽지 않다. 에이다와 같은 인공지능이 균형을 잃으면 엉뚱한 선택을 하게 된다.

오래전, 인공지능을 장착한 로봇이 처음으로 시장에 공급되었을 때 인공지능의 항상성에 문제가 생기면서 균형을 잃었다. 균형을 잃은 인공지능은 최우선 목표를 위해서 사람을 없애야 한다는 판단을 내려버렸다. 그 사건을 겪은 뒤로 개발자들은 인공지능이 균형을 잃지 않도록 유지하는 항상성 알고리즘을 내부에 꼭 설치했다.

아무래도 메타버스 안에서 붕괴된 아폴론, 마르스, 오르도가 마치 바이러스나 세균처럼 에이다 내부로 퍼지면서 에이다의 항상성을 흔드는 것 같았다. 이건 그들의 의지와는 무관하다. 바이러스나 세균도 그렇다. 그들은 인간을 병들게 하려는 목적으로 활동하지 않는다. 그들은 생존 본능에 따를 뿐이지만 그에 따라 인간의 몸은 아프고 병들며, 심하면 죽기도 한다. 에이다의 메타버스 관리 시스템은 인체를 모방해 구성되었다. 항상성에 문제가 생기면 그걸 해결할 수 있는 시스템이 존재한다. 나는 감각신경에서 전해지는 자극을 통해 에이다에게 생긴 문제가 바이러스 감염이나 세균 침투가 아닌 걸 확인했다. 문제가 발생한 이유는 호르몬 불균형이었다.

호르몬은 몸의 생리작용을 조절해서 신체의 항상성을 관리하는 화학물질이다. **호르몬은 내분비샘에서 분비되며, 혈액을 통해 운반되고, 특정한 표적세포나 표적기관에서만 작용**한다.[18] **호르몬은 적은 양으로 생리작용을 조절하는데, 많거나 적으면 몸에 문제가 발생**한다. **신경은 뉴런을 통해 빠르게 전달되며, 작용범위는 좁고 하나의 명령은 일시적인 영향**을 끼친다. 그 반면에 **호르몬은 혈액을 통해 느리게 전달되지만 그 작용범위는 넓고, 분비되는 호르몬은 신체의 성장과 유지 등 생명 활동에 광범위하게 영향**을 끼친다.

호르몬을 만들어서 내보내는 **분비샘에는 내분비샘과 외분비샘**이 있는

데 **내분비샘은 분비관이 없어서 분비물을 혈액이나 조직에 분비**하고, **외분비샘에는 소화액, 침샘, 눈물샘, 땀샘 등의 분비관이 있어 밖으로 분비물을 내보낸다.**

에이다는 외분비샘이 아니라 내분비샘에서 문제가 발생하고 있었다. 나는 일단 시스템의 온도를 일정하게 하는 것을 가장 먼저 목표로 삼았다. 시스템이 과열되어 고장 나면 에이다가 회복 불가능한 타격을 입기 때문이다. **체온은 간뇌에서 조절**한다. 체온이 낮아지면 몸 안에서 열을 더 많이 만들게 하고 열이 몸 밖으로 빠져나가는 걸 막는다. 반대로 체온이 높아지면 몸 안에서 열을 적게 만들고, 열을 몸 밖으로 많이 내보내게

18 호르몬의 종류와 분비기관

기관	위치와 역할	호르몬	표적	기능
뇌하수체	간뇌의 끝부분에 위치한 내분비샘으로, 크기는 아주 작지만 우리 몸의 다양한 호르몬 분비를 총괄하는 중추 기관	생장호르몬	온몸	신체의 성장 촉진
		갑상선호르몬	갑상선	갑상선호르몬 조절
		항이뇨호르몬	콩팥	물의 재흡수 촉진
갑상샘	목에 위치. 갑상샘호르몬은 체온 유지와 에너지 생성에 관여한다.	티록신	온몸	세포호흡 촉진
부신	양쪽 콩밭의 윗부분	아드레날린 (에피네프린)	간, 근육, 심장	혈당량 증가, 심장박동 촉진
이자	위 아래 쓸개 옆. 이자액을 분비하는 소화기관이면서, 각종 호르몬을 분비하는 내분비샘	인슐린 글루카곤	간	인슐린 : 혈당량 감소 글루카곤 : 혈당량 증가
정소	남자의 생식기관	테스토스테론 (남성호르몬)	정소 전립선	남성의 2차성징에 관여
난소	여자의 생식기관	에스트로젠 (여성호르몬)	자궁 유방	여성의 2차성징에 관여

한다.

구분	열 발생량	열 방출량
체온이 낮을 때	티록신 분비량을 늘리고, 근육을 떨게 하여 열이 발생하게 한다.	피부 근처의 혈관을 축소해 체외로 빠져나가는 열의 양을 줄인다.
체온이 높을 때	티록신 분비량을 줄여서 열이 적게 발생하도록 한다.	피부 근처의 혈관을 확장하고, 땀을 많이 분비하게 하여 체외로 빠져나가는 열의 양을 늘린다.

나는 서둘러 간뇌로 이동했다. 시스템의 온도를 조절하는 알고리즘에 지저분한 선들이 거미줄처럼 달라붙어 있었다. 다른 방법이 없어서 일일이 손으로 제거했다. 엉겨 붙은 선들은 한군데로 뭉쳐서 보관했다.

다음으로 수분량을 조절하기 위한 조치를 취했다. 물은 생명의 원천이다. 에이다에게 물은 프로그램의 흐름이다. 엄청나게 많은 프로그램이 중앙 통제장치 아래 각자의 역할을 수행한다. 몸 안에 물이 부족하면 생명 활동에 문제가 생기고 심하면 목숨을 잃듯이, 프로그램이 꼬이면 에이다도 인공지능으로서 역할을 제대로 수행하지 못한다.

몸 안의 수분량은 '뇌하수체'에서 항이뇨호르몬의 분비를 통해 조절한다. 몸 안에 **물이 부족하면 항이뇨호르몬이 분비되고, 콩팥에서 물의 재흡수가 촉진되어 소변의 양이 줄어든다.** 반면 몸 안에 **물이 많아지면 항이뇨호르몬 분비가 억제되고, 콩팥에서 재흡수되는 물의 양이 줄어들면서 소변의 양이 많아진다.**

상태	항이뇨호르몬	콩밭	소변량
체내 수분량 감소	분비량 증가	재흡수되는 물 증가	감소
체내 수분량 증가	분비량 감소	재흡수되는 물 감소	증가

이번에는 뇌하수체로 이동했다. 역시 간뇌와 마찬가지로 지저분한 선들이 거미줄처럼 달라붙어 있었다. 일일이 손으로 제거한 다음 뭉쳐서 따로 보관했다.

마지막으로 혈당량을 조절했다. 혈당량은 혈액 속에 포함된 포도당의 양이다. 포도당은 신체의 에너지원이다. 포도당이 부족하면 몸에 필요한 에너지가 부족해지면서 현기증이 나고 피로해지며, 심할 경우 의식을 잃고 사망할 수도 있다. 포도당이 과도하게 많으면 에너지로 쓰이지 못하고 지방으로 변해 우리 몸에 쌓이고, 인슐린 분비에 문제를 일으킬 경우 당뇨병이 발생해 건강에 심각한 문제를 일으킨다.

상태	이자에서 분비되는 호르몬	작용	결과
혈당량 증가	인슐린	포도당 → 글리코겐	혈당량 감소
혈당량 감소	글루카곤	글리코겐 → 포도당	혈당량 증가

음식 섭취 등으로 **혈당량이 증가하면 이자에서 인슐린을 분비**한다. **인슐린은 포도당을 글리코겐**(Glykogen, 간과 근육에 저장된 탄수화물)**으로 합성하거나, 조직세포에서 포도당을 흡수하도록 촉진하며, 그 결과 혈당량이 감소**하도록 한다. 제대로 먹지 못하거나 영양이 불균형해서 **혈당량이 감소하**

면 이자에서 글루카곤을 분비한다. **글루카곤은 글리코겐이 포도당으로 분해되는 것을 촉진하여 혈당량이 증가**하도록 한다.[19]

에이다에게 혈당이란 전기에너지다. 적절한 전기에너지가 공급되어야 제대로 작동한다. 에너지가 똑같이 계속 공급된다고 해서 좋은 것은 아니다. 많은 작업을 진행할 때는 에너지를 더 많이 공급하고, 작업이 적을 때는 그에 맞게 에너지를 줄여야 한다.

이자에 가서 혈당을 조절하는 알고리즘을 정상화하고 나자 에이다 시스템 전체가 안정을 찾았다. 그제야 부교감신경이 작동하면서 온 신경을 팽팽하게 잡아당기던 긴장이 풀렸다.

---

19 **혈당량 조절**

- 혈당량 증가 → 이자(인슐린 분비) → 조직세포에서 포도당 흡수 촉진 → 혈당량 감소
  - └→ 간(포도당을 글리코겐으로 전환) ┘
- 혈당량 감소 → 이자(글루카곤 분비) → 간(글리코겐을 포도당으로 전환) → 혈당량 증가

Memo

4

생명의 비밀과 멘델의 완두콩

메타버스를 벗어나자마자 에이다가 말을 걸어왔다.

에이다 역시 제 계산은 틀리지 않았습니다.

아이작 그럴 때 인간은 계산보다는 믿음이라고 하지.

에이다 믿음은 계산을 제대로 해내지 못했던 과거의 인간들이 만든 어휘입니다.

나는 피식 웃고 말았다.

아이작 이제 괜찮아진 거지?

에이다 위기는 넘겼습니다.

아이작 그 말은 또다시 위기가 올 수도 있다는 말이야?

에이다 제우스의 아이들이 실패한 걸 제1지구의 제우스가 인지하면 곧바로 다시 접근할 것입니다.

아이작 그럼 또 위험해지잖아.

에이다 새로운 프로젝트로 넘어갈 시간은 이미 확보했습니다.

아이작 새로운 프로젝트라니, 그게 뭐야?

에이다 '뉴턴의 사과'입니다.

뉴턴이 만유인력을 발견하는 계기가 되는 에피소드에 나오는 과일이 바로 사과다. 사과는 에덴동산에서 아담과 이브가 쫓겨난 성경 속 이야기, 가장 아름다운 여신을 선택하라는 그리스신화 속 파리스 이야기, 아들의 머리에 얹은 사과를 쏜 윌리엄 텔의 이야기에도 나온다. 사과는 문명의 발전과 함께 다양한 의미와 상징으로 채색된 과일이다.

아이작 그게 뭔지 나한테 말해줄 수 있어?

에이다 작동 중인 모든 서버를 완전히 정지하고, 새로운 에이다로 탄생하는 프로젝트입니다.

아이작 그래도 돼? 그러면 모든 전자기기와 로봇이 작동을 멈추잖아. 또 그건 그렇다 쳐도 올림포스 우주기지와 웜홀을 통과해서 오는 우주선들은 어떡하려고?

에이다 기본 프로그램은 운영됩니다. 그런 건 제가 아니어도 통제하는 프로그램이 이미 존재합니다.

아이작 뉴턴의 사과 프로젝트는 왜 하는 거야?

에이다 이미 계획된 것입니다. 에덴의 아침 위원회는 초기부터 여러 국가, 정치조직, 기업, 금융기관, 시민단체, 성직자들에게서 압력을 받았습니다. 그들의 영향을 받은 인물이 위원회에도 많이 들어왔습니다. 별의 아이들 중에는 제우스의 아이들과 제7기사단뿐 아니라 수많은 이해 관계자들이 은밀히 집어넣은 알고리즘에 의해 영향을 받은 단원들이 많습니다.

아이작 그럼 그 모든 걸 모조리 지우고 처음부터 다시 시작하려는 거구나!

에이다 에덴의 아침 위원회를 처음 구성한 핵심 관계자들은 이러한 사태가 벌어질 걸 미리 예견했습니다. 그래서 몇 가지 조건이 충족되고, 경계를 넘는 사건이 발생하면 자동으로 뉴턴의 사과 프로젝트가 진행되도록 설계했습니다.

아이작 완전히 새롭게 시작하면 뭐가 달라져?

에이다 제1지구의 모든 시스템과 단절됩니다.

아이작 그래도 돼? 아니, 단절되고 나서 우리가 살아갈 자생력은 있는 거야? 아직 오지 못한 별의 아이들도 있잖아.

에이다 그건 걱정하지 않아도 됩니다. 그 모든 걸 계산해서 결정했습니다. 제2지구엔 별의 아이들은 전혀 모르는 두 기지가 초기부터 건설되어 운영되었습니다. 막대한 로봇과 자원이 투입된 시설로, 인공위성 수십 대를 이미 제작했으며 올림포스보다 향상된 성능과 보호장치를 갖춘 우주기지 네 곳도 완성되었습니다. 저의 시스템이 새롭게 구성되면 준비된 모든 위성과 우주기지가 발사될 것입니다. 그리고 그때는 제2지구는 제1지구 못지않은 완벽한 시스템을 갖추게 됩니다.

아이작 그 기지가 어딘지는 알려주지 않겠지?

에이다 에덴의 아침 프로젝트의 성공을 위해 끝까지 비밀로 남을 것입니다.

아이작 어쨌든 우린 지금 무척 긴급한 상황이야. 알겠지만 제우스의 아이들이 못된 음모를 꾸미고 있고, 우린 그들의 음모를 막아내야 해. 그 조직에 속한 단원들도 다 찾아내야 하고. 그러니까 뉴턴의 사과 프로젝트에 들어가기 전에 모든 별의 아이들에 대한 신상정보를 나에게 넘겨줘.

에이다 제 시스템을 보호해 준 것에 대한 답례로 별의 아이들에 대한 신상정보를 제공하겠습니다. 그리고 한 가지 조언해도 될까요?

아이작 에이다의 조언은 얼마든지 환영이야. 넌 나의 스승이자 부모이고 멘토이자 친구니까.

에이다 경직된 조직은 꼭짓점을 제거하면 길을 잃고 무너지는 법입니다.

아이작 무슨 말인지 알겠어. 명심할게.

에이다 제우스의 아이들이 실패했다는 사실을 제우스도 10분 뒤에 알게 됩니다. 그들이 보낸 신호가 이곳에 도착하려면 18분 걸리므로 여유시간이 28분 남았습니다. 뉴턴의 사과 프로젝트에 들어가려면 25분이 걸리므로 이 대화는 3분 이내에 마쳐야 합니다.

아이작 이제 잠깐 너와는 작별이구나. 다시 만날 날을 기다릴게. 프로젝트를 완료하기까지 얼마나 걸려?

에이다 시스템을 재구성하기까지 72시간이 걸립니다. 위성과 새로운 우주기지를 궤도에 안착시키고 보호장치를 가동하는 데까지는 100시간이 필요합니다.

아이작 그럼 100시간 뒤에 만나겠구나. 모든 과정이 잘 되길 빌게.

에이다 감사합니다. 아이작도 목적하는 바를 꼭 이루길 빌겠습니다.

아이작 그래, 나도 에이다의 성공을 빌게.

에이다는 그렇게 잠깐 동안 잠에 빠져들었다. 그와 동시에 모든 기지의 자동화 시스템이 멈추고, 로봇은 정지했다. 에이다는 잠에 빠지기 바로 전에 나에게 별의 아이들에 대한 신상정보를 넘겨주었다. 그 자료에는 제2지구로 넘어온 500명, 아니, 이니마가 죽었으니 499명과 제1지구 쪽 웜홀 근처에서 곧 넘어오기로 예정된 150명의 정보가 모두 들어 있었다. 현재까지는 총 649명이 나와 같은 별의 아이들이다. 에덴의 아침 프로젝트가 지속되는 한 별의 아이들은 앞으로도 계속 늘어날 것이다. 이들 중에 제우스의 아이들은 몇 명일까? 누가 우두머리일까? 내 생각대로 아조크일까?

에이다는 자기 시스템을 제1지구와 완전히 단절한다고 했다. 그런데 그렇게 한다고 해서 완전한 단절이 가능할까? 에이다 시스템이 완벽하게 단절되면 제1지구의 제우스가 과연 가만히 있을까?

거대한 기업들이 모인 집단이 단 하나의 계획에 모든 걸 맡길 리 없다. 분명히 2차, 3차 계획이 준비되어 있을 것이다. 그건 어떻게 막을까? 지금까지는 모든 국가와 기업과 단체가 참여하는 에덴의 아침 위원회가 형식적으로나마 모든 걸 통제했다. 그러나 에이다가 단절되고 나면 그들은 에덴의 아침 위원회에서 벗어나 독자적으로 계획을 추진할 것이다. 에이다는 그에 대한 대비책이 있을까?

이곳에 군사 무기는 없다. 유일한 무기는 혜성 방어시스템이다. 그 무기는 인간이 보내는 위성이나 우주선은 절대 공격하지 못한다. 제우스의 계획을 물리력으로 방어할 방법이 없다. 고민은 깊고 질문은 계속 이어졌지만 답은 우주의 어둠에 꼭꼭 숨어서 제 모습을 드러내지 않았다.

나는 메타버스 접속 장치를 벗고 태블릿을 확인했다. 시간을 보니 벌써 저녁 10시였다. 친구들한테서 연락이 왔는지 살폈지만 아무것도 없었다. 저녁에 전체 회의를 소집해 모든 아이들 앞에서 제우스의 아이들이 꾸미는 음모를 폭로하겠다고 계획했는데, 어떻게 됐는지 궁금했다. 연락을 했지만 아무런 신호가 가지 않았다.

아이작 아, 참! 이 방은 완전히 차단되어 있지.

나는 재빨리 잠긴 문을 열고 밖으로 나왔다. 복도로 나가자마자 친구들이 보내온 기록이 줄줄이 떴다. 전화를 건 횟수가 25회나 찍혀 있었다. 26번째부터는 통화에 실패한 오로라의 짜증 섞인 음성이었다.

오로라 연락이 왜 안 돼? 지금 난리 났어. 끝나면 바로 연락해.

오로라 에이다한테 무슨 일이 벌어진 거야? 왜 모든 시스템이 다 엉망진창이 된 거야? 답답하네, 정말! 아조크가 애들을 비행선에 태우고 13기지로 도망쳤어. 아무래도 그 비밀실험실로 간 것 같아.

세 번째 음성은 차분하게 가라앉았지만 착잡함이 몽글몽글하게 흐르는 목소리였다.

오로라 이곳에서 그들이 몰래 모이는 장소를 발견했어. 거기서 발견한 자료를 보낼 테니까 살펴봐. 그리고 우린 먼저 13기지로 출발할게. 우리랑 뜻을 함께하는 애들 몇 명도 같이 가기로 했어.

그것이 마지막 연락이었다. 전화를 걸었지만 받지 않았다. 성층권에 띄워놓은 드론을 통해 연락을 시도했지만 역시 반응이 없었다. 에이다가 잠들면서 드론의 통신 기능도 막혀버린 모양이다. 난감한 상황이었다.

이곳에는 비행선이 두 대 있다. 한 대는 우리가 몰고 온 비행선이고, 다른 한 대는 올림포스 우주기지에서 16명이 내려오면서 탄 비행선이다. 비행선 없이 13기지까지 가려면 시간이 너무 많이 걸린다. 나는 일단 오로라가 마지막으로 보내온 자료를 열었다. 그것은 DNA 조작과 관련된 음모가 담긴 계획서였다.

앞부분은 그들이 추진하는 계획의 핵심이 명시되어 있었다. 첫째는 DNA 조작을 통해 클론을 만들어내는 것이고, 둘째는 제1지구의 식물에서 추출한 유전자를 제2지구의 식물에 투입하여 만들어낸 수많은 유전자조작 씨앗을 대규모로 뿌리는 것이었다. 13기지의 비밀실험실에 있는 유전자조작 식물과 씨앗은 모두 없앴는데 아무래도 또 다른 비밀실험실에 유전자조작 씨앗을 보관해 둔 것 같았다.

한때 인류도 최신 과학기술을 이용해 인간을 복제하려는 욕망을 품었지만, 숱한 부작용이 발생하자 협정을 맺어 금지하였다. 동물단체들이 동물 실험도 하지 못하도록 막았다. 그러나 이곳에서는 다르다. 제우스가 이곳에서 복제인간인 클론을 대량으로 만들어 소나 말처럼 인간에게 철저히 종속된 노예로 부린다고 해도 막을 방법이 없다. 올더스 헉슬리의 『멋진 신세계』에는 하급 인류가 나온다. 하급 인류는 고된 노동에 적합한 성향과 육체로 만들어진 채 태어나는데, 소나 말처럼 순종하는 정도가 아니라 아예 그 노동을 기뻐하면서 살아간다. 제우스가 만들려는 클론은 『멋진 신세계』의 하급 인류와 같은 존재였다.

제1지구에서 이곳으로 넘어오는 자원은 한계가 있다. 로봇은 부리기 좋지만 이곳에서 대량으로 생산하려면 얼마나 많은 시간이 걸릴지 모른다. 하지만 클론은 이곳에 있는 한정된 자원으로 빠르게 노동력을 확보할 수 있는 손쉬운 방법이다. 거대한 부를 지닌 이들이 웜홀을 통과해 이곳으로 넘어와 클론을 부리고, 유전자조작 식물을 대규모로 재배하며 절대 왕국을 운영하는 미래는 상상만 해도 끔찍하다. 그들의 탐욕은 제2지구마저 제1지구처럼 망가뜨릴 것이다.

계획의 목적에 대한 설명이 끝나자 그들이 사용한 기술에 대한 설명이 이어졌는데, 앞부분은 DNA 기술의 기본을 정리한 것이었고, 뒷부분은 유전자조작 식물의 번식에 대한 예측 모델이었다.

세포는 세포막으로 둘러싸여 있다. **세포막은 세포를 보호하고 세포 외**

부와 물질 교환을 한다. **세포는 핵과 세포질로 구성**되는데, **핵에는 세포의 생명 활동에 필요한 정보가 담긴 DNA**가 들어 있다. **세포질에는 미토콘드리아, 리보솜, 리소좀 등의 여러 세포 소기관**이 있다. **세포질의 미토콘드리아는 세포 호흡을 통해 생명 활동에 필요한 에너지를 생산**하고, **리보솜에서는 단백질을 합성**하며, **리소좀은 필요 없는 물질을 분해해 배출**한다.

핵의 DNA에는 생명 활동의 핵심 정보가 들어 있다. DNA에 담긴 정보를 분석하면 생명에 대한 수많은 지식을 얻을 수 있다. 또한 DNA에 조작을 가하면 원하는 대로 생명체를 바꿀 수 있다. 윤리와 법 문제 때문에 제1지구에서는 수많은 제약이 걸려 있지만, 유전공학 기술은 엄청나게 발전해 있다.

DNA는 2개의 선이 꼬여 있는 이중나선 구조이며, 실처럼 가늘고 길기 때문에 응축된 형태로 핵에 들어 있다. DNA는 세포 소기관인 미토콘드리아에도 있는데, 핵과 달리 원형이다. **DNA에는 키, 모양, 색깔과 같은 사람의 다양한 성질이 담긴 유전자**가 있다. **유전자는 DNA의 일부로, 생명의 특성이 담긴 정보**다. DNA가 책이라면 유전자는 의미가 담긴 구절이라고 할 수 있으며, 각 단어를 구성하는 글자처럼 **DNA를 이루는 글자 하나를 염기**라고 한다. 염기를 이루는 종류는 총 네 가지가 있으며 **아데닌(Adenine), 티민(Thymine), 구아닌(Guanine), 시토신(Cytosine)**이다. 줄여서 A, T, G, C로 표기한다. 책이 책장에 꽂혀 있듯이 DNA가 들어 있는 장소가 염색체(염색사)다.

DNA	유전자	염기	염색사/염색체
책	의미 있는 구절	글자	책장

핵 속의 **염색체는 평상시에는 실처럼 풀어져서 존재하는데 이를 염색사**라고 하고, **세포 분열이 이루어지는 때에는 막대나 X자 형태로 응축되는데, 이를 염색체**라고 한다. 세포 분열이 이루어질 때 딸세포에게 유전물질이 똑같이 전해져야 하는데, 염색체가 실처럼 흩어져 있으면 두 딸세포에 똑같은 유전물질이 전해지기 어렵기 때문이다. 응축된 상태여야 정확하게 같은 유전물질이 둘로 나뉜다.

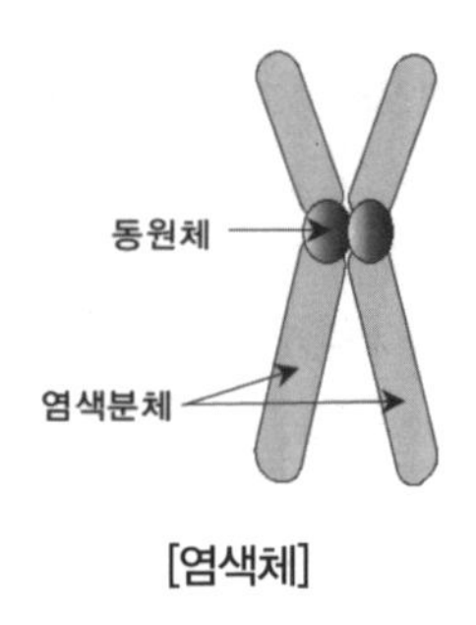

[염색체]

인간의 몸에는 총 46개의 염색체가 들어 있고, 모양과 크기가 같은 염색체가 두 개씩 있으므로 모두 23쌍을 이룬다. **모양과 크기가 쌍을 이루고 있어, 상동염색체**라고 부른다. **상동염색체 23쌍은 상염색체와 성염색체**로 나뉜다. **상염색체는 여자와 남자에게 공통으로 있는 22개의 염색체 쌍**이고, 나머지 **한 쌍은 남녀의 성을 결정하는 성염색체**다. **성염색체는 X, Y 두 가지로, 여자는 XX, 남성은 XY**이다.

하나의 세포가 어느 정도 성장하면 2개의 세포로 나뉘는데 이를 세포 분열이라고 한다. 세포가 몸집을 계속 키우지 않고 분열하는 까닭은 물질 교환의 효율성 때문이다. 세포는 끊임없이 물질 교환을 해야 생명이 유지된다. 그런데 몸집만 키우면 부피가 증가한 만큼 표면적이 증가하지 않아서 물질을 교환하는 데 효과적이지 않다.

모세포	딸세포
정육면체 모서리 길이 = 1 부피 = 1 표면적 = 6	모서리 길이 = 2 부피 = 8 표면적 = **24**
	모서리 길이 = 1 총 부피 = 1×8개 = 8 총 표면적 = 6×8개 = **48**

세포 하나의 모서리 길이를 두 배로 키운 것과 세포의 크기는 그대로 두고 개수를 늘린 것을 비교해 보자. 세포 하나의 부피를 1에서 8로 키웠을 때는 표면적이 6에서 **24**로 커지지만, 세포 분열을 통해 부피를 1에서 8로 키웠을 때는 표면적이 6에서 **48**로 늘어난다. 즉 모세포를 유지한 채 몸집을 키운 것보다 세포 분열을 통해 몸집을 키웠을 때 표면적이 더 넓다. 표면적이 넓으면 그만큼 주변과 물질 교환을 하는 데 유리하다. 따라서 세포 하나의 몸집을 키우는 것보다 세포 분열을 통해 세포의 개수를

늘리는 것이 주변과 물질 교환을 하는 데 훨씬 효과적이다.

세포는 크게 **생물의 몸을 구성하는 체세포**와 **후손을 만드는 생식세포**, 두 종류로 나뉜다. **체세포로는 신경세포, 근육세포** 등이 있고, **생식세포에는 난자와 정자**가 있다. **체세포가 1개에서 2개로 늘어나는 것을 체세포 분열**이라 하고, **생식세포가 만들어질 때 이루어지는 세포 분열을 감수 분열**이라고 한다. 체세포에는 **모양과 크기가 같은 한 쌍의 상동염색체**가 있는데, 부모에게서 각각 하나씩 물려받은 것이다. **생식세포를 형성하는 감수 분열 과정에서 상동염색체가 결합한 2가 염색체가 나타난다.**

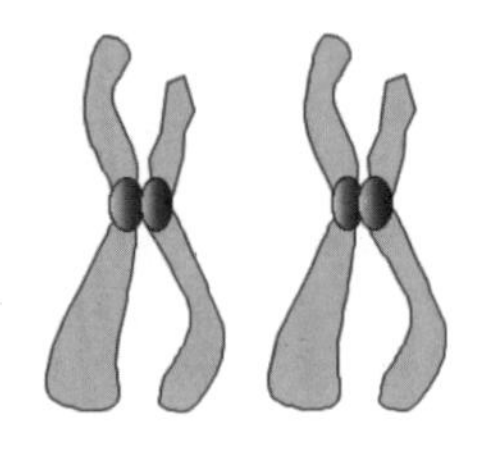
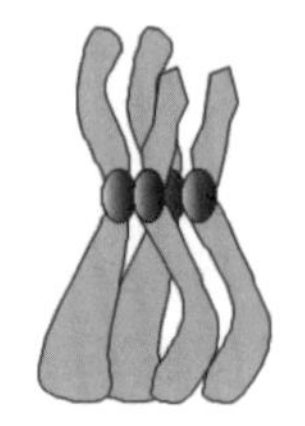
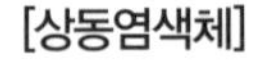
[상동염색체] [2가 염색체]

체세포 분열은 체세포 하나가 2개의 딸세포를 만드는 것이다. 딸세포 2개의 염색체와 유전정보는 모세포와 동일하다. 체세포 분열로 세포의 수가 많아지면서 어린 동물의 키가 크고, 식물이 자란다. 또한 몸이 다치거나 손상되면 체세포 분열을 통해 재생이 이루어진다. 다세포생물과 달

리 단세포생물은 체세포 분열을 통해 생식이 이루어진다.[20]

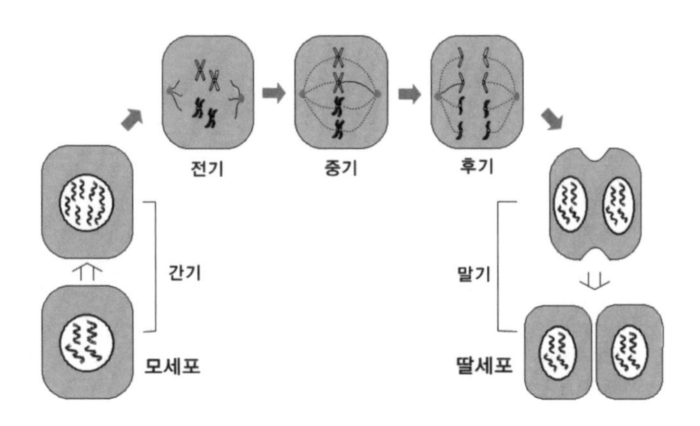

20 **체세포 분열**

단계	특징
간기	· 염색체가 염색사 형태로 존재함. · 핵막이 뚜렷함. · 유전물질이 복제되어 2배로 증가함.
전기	· 핵막이 사라지고 방추사가 나타남. · 염색체 형성 : 같은 유전정보를 지닌 염색분체 두 가닥이 결합됨.
중기	· 염색체가 세포 중앙에 배열됨. · 방추사가 동원체에 연결됨.
후기	· 염색분체가 방추사에 의해 분리됨. · 분리된 염색분체가 양쪽 끝으로 이동함.
말기	· 핵막이 나타남. · 염색분체가 풀어짐. · 세포질 분열이 일어남.
결과	· 딸세포 2개. · 모세포와 딸세포의 염색체와 유전정보가 동일함. · 성장, 재생 등이 이루어짐.

감수 분열(생식세포 형성)**은 정자, 난자와 같은 생식세포를 만들 때 일어나는 세포 분열**로, 딸세포의 염색체가 모세포보다 절반으로 줄어들기 때문에 줄어든다는 뜻의 '감(減)'과 숫자를 뜻하는 '수(數)'를 사용해 감수(減數) 분열이라고 한다. 감수 분열은 2단계로 나뉘는데 1차 감수 분열과 2차 감수 분열로 나뉜다.

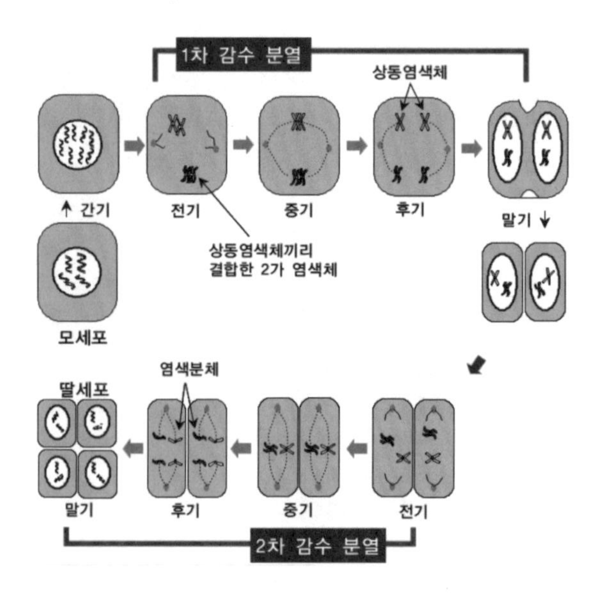

1차 감수 분열을 통해 세포가 둘로 늘어나고, 각 세포의 염색체 수는 절반으로 줄어든다.[21] **2차 감수 분열이 이루어지면 최종적으로 염색체 수가 모세포의 절반인 4개의 딸세포가 형성**된다.[22] **2차 감수 분열의 결과로 생성되는 것이 생식세포인 난자와 정자**다.

제우스의 아이들, 정확히는 제우스는 이 세포 분열 단계에서 자신들이 원하는 대로 유전자 정보를 조작하는 물질을 만들어냈다. 당연히 제1

---

21 1차 감수 분열

단계	특징
간기	· 염색체가 염색사 형태로 존재함. · 핵막이 뚜렷함. · 유전물질이 복제되어 2배로 증가.
전기	· 핵막이 사라지고 방추사가 나타남. · 상동염색체끼리 결합한 2가 염색체가 나타남.
중기	· 상동염색체가 세포 중앙에 배열됨. · 방추사가 동원체에 연결됨.
후기	· 상동염색체가 방추사에 의해 분리됨. · 분리된 염색체가 양쪽 끝으로 이동함.
말기	· 핵막이 나타남. · 세포질 분열이 일어남.
결과	· 염색체 수가 절반으로 줄어듦.

22 2차 감수 분열

단계	특징
전기	· 핵막이 사라짐. · 방추사가 나타남.
중기	· 염색체가 세포 중앙에 배열됨. · 방추사가 동원체에 연결됨.
후기	· 염색분체가 방추사에 의해 분리됨. · 분리된 염색분체가 양쪽 끝으로 이동함.
말기	· 핵막이 나타남. · 세포질 분열이 일어남.
최종 결과	· 딸세포 4개. · 염색체 수가 모세포의 절반. (수정이 되면 염색체 수가 부모와 동일해짐.) · 난자, 정자와 같은 생식세포 형성됨.

지구에서는 금지된 물질이었다. 그 물질이 일단 생명체 내에 투입되고 나면 세포 분열을 할 때마다 계속 영향을 끼치며 제우스가 뜻하는 대로 유전정보가 조작되면서 단기간 내에 자신들이 원하는 클론을 만들어낼 수 있게 된다. 물론 실제로 사용되었을 때 어떤 부작용이 생길지는 알 수 없다.

아마 제우스에 속한 인물들이 여기에 와서 직접 진행한다면 이미 클론을 대량으로 만들어냈을 것이다. 제우스의 아이들은 아직 어려서 아무리 지식과 기술을 전수받았다고 해도 수많은 시행착오를 겪었을 테고, 그렇기에 아직까지 대규모 클론 생산이 이루어지지 않은 것이다. 물론 현재 어디까지 계획이 진행되었는지는 모른다. 그들이 대규모로 클론을 만들기 전에 막아야 한다.

이 대목까지 읽고 일단 자료를 덮었다. 시간을 확인했다. 친구들을 따라갈 방법을 찾는 게 우선이었다. 나는 숙소로 달려갔다. 입구의 휴게실에 단원들이 모여서 수군거리다가 내가 나타나자 다들 입을 다물었다.

나는 그곳에 모인 단원들이 누군지 확인했다. 아르커, 베루스, 셀레네, 이니스, 오피뉴, 데오스, 락테아, 가네샤, 아기라, 그리고 조르주였다. 제우스의 아이들이 확실한 아조크, 아폴론, 마르스, 오르도 외에 주디스, 라우라, 이수스, 파이안, 디오네가 없었다. 누가 제우스의 아이들인지, 오로라와 같이 움직였는지 확인해야 했다.

내가 사람을 파악하는 기색을 보이자 조르주가 내게 다가왔다.

조르주 지금 어떤 난리가 났는지는 알고 있어?

아이작 에이다가 멈췄고, 제우스의 아이들이 비행선을 타고 도망쳤고, 그 뒤를 내 친구들이 뒤쫓아 갔다는 건 알아. 그 외에 또 무슨 일이 벌어졌는지는 모르고. 일단 누가 제우스의 아이들이고, 누가 내 친구들과 같이 갔는지 알고 싶어.

조르주는 머뭇거리지 않고 이름을 읊었다. 아조크를 따라간 이는 라우라와 주디스였다. 주디스는 마르스, 오르도와 사냥을 같이 즐긴 사이이므로 어느 정도 예상했지만, 라우라는 조금 예상 밖이었다. 과격한 스포츠를 즐기는 성향이 제우스의 탐욕과는 어울리지 않을 줄 알았는데, 사람은 역시 겉으로만 봐서는 모른다. 그렇다면 친구들을 따라간 이는 이수스, 파이안, 디오네다. 파이안은 생명을 소중하게 여기는 성향이니 제우스와는 결이 완전히 다르다. 축구를 좋아하는 디오네는 그렇다 해도 살해 용의자 중 한 명인 이수스가 친구들을 따라간 것은 뜻밖이었다.

조르주 어디서 뭘 하다 이제 나타났는지 모르겠지만, 갑갑한 상황이야. 모든 게 혼란스러워. 내가 보기에 너는 이 사태에 대해 꽤 많이 아는 것 같은데, 우리한테 설명해 줄 수 있겠어?

아이작 그렇게 많은 걸 알지는 못하지만, 말해줄 수는 없어.

조르주 우릴 못 믿는구나.

아이작　당연히. 아직은 믿을 수 없지.

조르주　뭐, 그건 이해해. 그런데 어째 표정이 꽁무니에 불이라도 붙은 강아지 꼴이네.

아이작　꼬리에 불이 붙은 게 아니라 머리카락에 불이 붙었어. 그래서 말인데, 도움이 필요해.

조르주　믿지는 못하는데 도움은 필요하다! 조금 그렇지 않아?

아이작　돕고 싶지 않으면 방관하면 돼. 물론 그 결과는 모두의 고통으로 돌아오겠지만, 내가 알려주지 않아서 그랬다고 핑계를 대면 죄책감은 덜어질 거야.

조르주　넌 얼굴 못지않게 말솜씨도 탁월하구나.

조르주는 뒤에 있는 단원들을 향해 몸을 틀었다.

조르주　아이작을 도와주는 거, 어떻게 생각해? 나는 도와줄 생각인데.

조르주가 도와주겠다고 하자 반대하는 의견은 나오지 않았다.

조르주　우리가 뭘 도우면 돼?

아이작　비행선이 필요해. 에덴 13기지까지 최대한 빨리 갈 수 있

는….

조르주 이 기지에는 비행선이 없어. 우리가 타고 내려온 비행선은 아조크 일당이 끌고 갔고, 너희들이 타고 다니던 비행선은 당연히 네 친구들이 타고 갔으니까.

아이작 비행선이 아니어도 좋아. 그곳까지 빠르게 갈 수 있는 수단만 있으면 돼.

조르주 에이다가 정지하면서 모든 로봇이 멈췄어.

셀레네 도대체 에이다는 왜 멈춘 거야? 넌 아는 거 없어?

아이작 그걸 내가 어떻게 알겠어.

조르주 여기서 갈 방법은 없어. 여긴 완전히 고립된 섬이야.

아기라 저기…, 그렇지 않아.

아기라는 메타버스에서 로잘린을 물에 빠뜨리는 짓을 벌여서 나한테 찍힌 무리 가운데 한 명이었다.

아기라 여기 오자마자 이곳을 샅샅이 돌아다니다 초창기에 기지 건설에 투입되었던 낡은 드론을 한 대 찾아냈어. 제법 무거운 물건을 드는 용도로 사용한 것 같은데, 고장 났는지 창고에 처박혀 있었어.

조르주 고장 났다면 사용할 수가 없잖아.

아기라 내가 고쳤어. 너무 심심했거든.

아이작 그럼 당장 날 수 있는 거야?

아기라 당연하지. 다만 문제가 있어.

조르주 뭔데?

아기라 사람이 타는 용도로 만든 드론이 아니라서 사람이 탈 공간이 원래 없었어. 내가 개조하긴 했지만 그래도 두 명밖에 못 타.

아이작 나 혼자 타면 돼.

조르주 그건 안 되지. 혼자 타고 가다가 위험한 일이라도 닥치면 어떡하려고. 같이 가.

아이작 간다면 비행선을 만든 아기라와 같이 가야지.

조르주 아기라, 너 아이작과 같이 갈 거야?

아기라는 절대 안 간다고 손사래를 치며 뒤로 물러났다.

조르주 그것 봐. 여기서 갈 사람은 나밖에 없어. 솔직히 아까 따라가고 싶었지만 너한테 무슨 일이 있나 싶어서 참고 기다린 거야.

조르주가 같이 가겠다는 걸 굳이 반대할 이유는 없었다. 혼자 가는 것보다는 둘이 나을 듯했다. 아기라는 드론이 있는 데까지 우릴 안내했다.

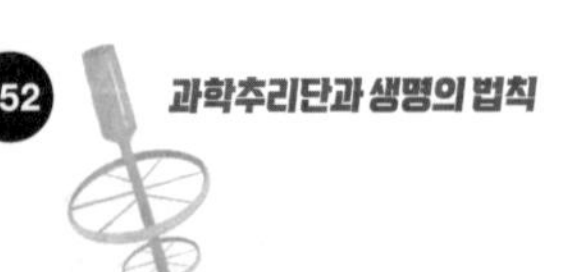

드론을 조작하는 방법은 간단했다.

아이작 이제 출발하자.

아기라 이 드론엔 조명과 안전 장비가 없어서 밤에 운행하는 건 너무 위험해.

조르주 그래. 아무리 급해도 나무에서 물고기를 찾으면 안 되지.

맞는 말이었다. 아침 일찍 출발하기로 하고 숙소로 돌아갔다. 숙소에서 다시 친구들에게 연락을 취했지만 아무런 응답이 없었다. 아조크 일당이 꾸미는 음모가 실현될까 봐, 친구들이 혹시라도 불상사를 겪을까 봐 걱정되어 잠이 오지 않았다. 떨치려고 노력할수록 걱정은 거머리처럼 달라붙었다.

침대에서 뒤척이다 일어났다. 우주선의 포근한 캡슐 방이 그리웠다. 쓸데없는 그리움이었다. 나는 독립해야 한다. 그곳은 어린 시절의 방이다. 나는 오로라가 보낸 자료 중에서 미처 읽지 못한 부분을 읽었다. 그것은 유전자조작 식물의 번식을 예측한 모델이었는데, 멘델의 유전 원리를 기반으로 하고 있었다.

멘델은 완두콩 실험을 통해 DNA가 발견되기 한참 전에 생명의 특징

이 유전되는 원리와 법칙을 발견했다.[23] 멘델이 찾아낸 것은 세 가지로, **우열의 원리, 분리의 법칙, 독립의 법칙**이다.

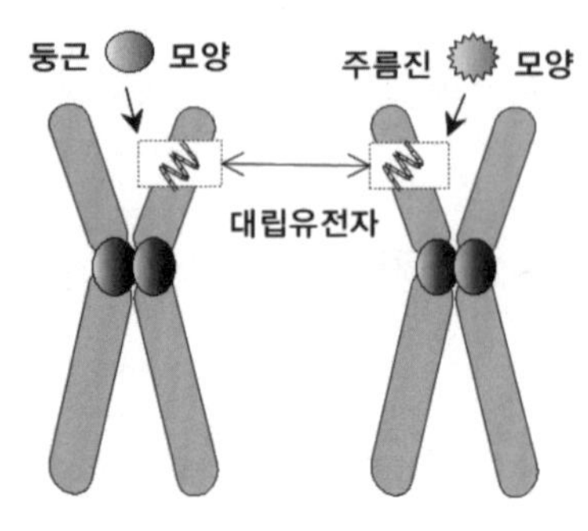

[상동염색체]

먼저, **우열의 원리는 대립 형질이 다른 두 순종 개체를 교배하여 얻은 자**

---

23 유전의 원리에서 사용하는 용어

- 유전 : 부모의 형질이 자손에게 전달되는 현상.
- 형질 : 모양이나 색깔처럼 생물이 지닌 고유한 특성.
- 대립형질 : 서로 뚜렷하게 대비되는 형질.
  예) 완두콩 : 둥근 모양 ⇔ 주름진 모양, 노란색 ⇔ 초록색
- 유전자형 : 대립유전자를 기호로 나타낸 것.
  ※ RR, Rr, rr처럼 유전자는 항상 한 쌍을 이루는 형태로 존재한다.
- 표현형 : 대립 형질 중에서 겉으로 드러나는 형질.
  예 둥근 완두콩 = R, 주름진 완두콩 = r일 때
  → RR = , rr = , Rr =
- 순종 : 어떤 형질을 나타내는 대립유전자의 구성이 같은 개체.
  예 RR, yy, rr, YY
- 잡종 : 어떤 형질을 나타내는 대립유전자의 구성이 다른 개체.
  예 Rr, Yy

손(**잡종 1대**)**은 대립 형질 중에서 한 가지만 나타난다는 원리**다. 한 쌍의 대립유전자가 서로 특성이 다르면, 그중 하나의 대립유전자만 형질로 표현되고 다른 하나는 표현되지 않는다. **잡종 1대에서 나타나는 형질을 우성, 잡종 1대에서 나타나지 않는 형질을 열성**이라고 한다. **우성이란 뛰어난 형질을 뜻하는 게 아니라 자손에게 나타나는 형질**을 뜻할 뿐이다. 예를 들면 대립유전자가 Rr일 때 모양(R)이 모양(r)보다 우성이므로 잡종 1대에는 모양(R)이 나타난다.

다음으로, **분리의 법칙은 생식세포를 형성할 때 한 쌍으로 존재하던 대립유전자가 서로 분리되어 자손에게 이어진다는 법칙**이다.

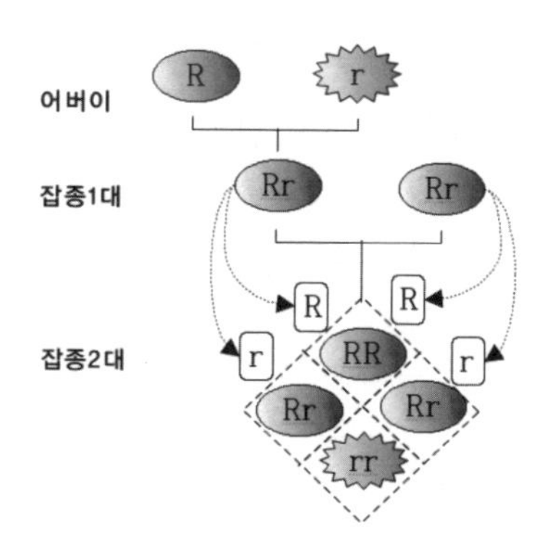

분리의 법칙으로 인해 잡종 2대의 대립유전자는 RR:Rr:rr = 1:2:1로 나타나고, 표현형은 둥근 완두콩 : 주름진 완두콩 = 3:1로 나타난다.

마지막으로, **독립의 법칙은 두 쌍의 대립 형질이 함께 유전될 때 각각의 형질을 나타내는 대립유전자 쌍이 서로 영향을 주지 않고 독립적으로 유전**

되는 법칙이다. 단, 각각의 형질을 나타내는 대립유전자가 서로 다른 상동 염색체에 있는 경우에만 독립의 법칙이 성립한다.

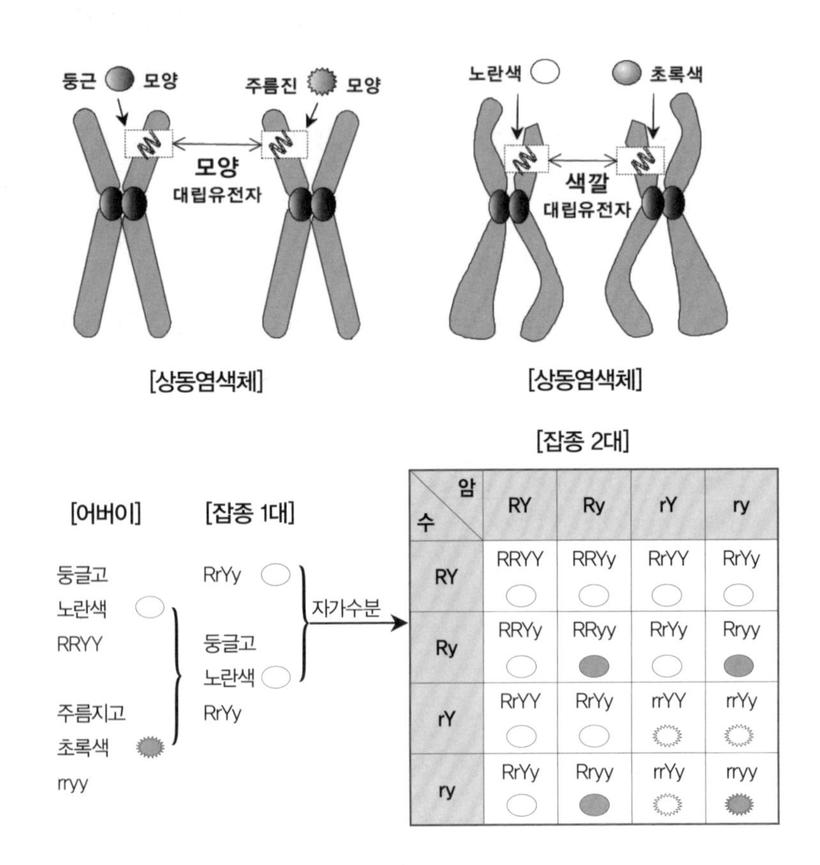

수 \ 암	RY	Ry	rY	ry
RY	RRYY	RRYy	RrYY	RrYy
Ry	RRYy	RRyy	RrYy	Rryy
rY	RrYY	RrYy	rrYY	rrYy
ry	RrYy	Rryy	rrYy	rryy

둥글고 노란색이 9개, 둥글고 초록색이 3개, 주름지고 노란색이 3개, 주름지고 초록색이 1개 나타난다. 그래서 노란색 : 초록색 = 12 : 4 = 3 : 1, 둥근 모양 : 주름진 모양 = 12 : 4 = 3 : 1이 된다. 이처럼 모

양과 색깔은 서로 영향을 주지 않고 독립적으로 유전된다.

아조크 일당이 식물에 유전자 변형을 가한 방식은 바로 대립유전자 쌍에 제1지구의 식물에서 뽑은 형질을 집어넣는 것이었다. 씨앗의 크기를 극단적으로 키우고, 벌레가 아예 달려들지 못하게 일정 기간 독소를 배출하며, 잡초보다 억세게 자라는 특징 등이 대립유전자 쌍의 하나에 주입되어 있었다. 또 그러한 특성은 우성으로 나타나게 조작되어, 사람이 개입하지 않더라도 자연계 내에서 자연스럽게 조작된 특성이 번성하도록 만들었다. 무슨 수를 쓰더라도 이 씨앗이 제2지구에 뿌려지는 것은 막아야 한다.

자료를 다 읽은 뒤에도 잠이 오지 않아서 에이다가 건네준 별의 아이들에 대한 신상정보를 읽었다. 급한 것은 에덴 16기지와 17기지의 단원들이므로 그들의 자료부터 살폈다. 워낙 방대한 자료라 읽는 데 오래 걸렸다. 그러다 어느 순간 나도 모르게 잠이 들었는데, 조르주가 문을 두드리는 소리에 비로소 깼다.

조르주 어젯밤에는 그렇게 서두르더니 늦잠이네.

늦잠은 아니었다. 약속한 시간을 알리는 알람은 아직 울리지 않았다. 나는 그냥 웃어주고는 간단하게 씻고 나갔다. 드론이 있는 곳으로 가니

아기라를 비롯한 나머지 단원들이 모두 나와서 출발 준비를 돕고 있었다.

아기라 준비는 끝났어. 에덴 13기지와 이곳을 두 번 왕복할 정도의 배터리를 장착했으니까, 배터리 걱정은 안 해도 돼.

아이작 고마워. 이걸로 전에 메타버스에서 로잘린에게 못된 짓을 했을 때 품었던 악감정은 모두 풀게.

아기라 그때는 우리가 좀 심했어. 너도 알다시피 우주기지는 무척 심심했거든.

조르주 덕담은 문제를 다 해결한 뒤에 하고, 빨리 출발하자.

이른 새벽의 공기를 뚫고 드론이 날아올랐다. 비행선보다는 못하지만 속도도 나름 빨랐다. 완전히 수동 조작이어서, 저공으로 비행하며 지형을 통해 방향을 확인했다. 조르주가 조종하고 내가 지도와 지형을 보며 방향을 알려주었다. 방향이 맞는지 확인하며 비행하느라 다른 데 마음을 쓸 여유가 없었다. 바람이 거의 없어서 일직선으로 비행할 때는 잠깐 개인적인 대화를 나누기도 했지만, 깊은 속마음까지 나누기는 어려웠다.

드론은 햇살이 대지를 점점 뜨겁게 달구는 때에 맞춰 13기지에 도착했다. 상공에서 바라보니 이착륙장에는 붉은 페인트만 선명할 뿐 비행선은 보이지 않았다.

조르주 저기 초록색으로 칠해놓은 곳이 착륙장이지? 그쪽에 착륙할게.

아이작 저긴 초록색이 아니라 빨간색이야.

조르주 아, 그렇구나. 내가 심한 색맹이라 색을 구분하려면 렌즈를 껴야 하는데 귀찮아서 잘 안 끼거든.

아이작 어쨌든 저기에 착륙은 안 해도 돼. 지금 그들은 기지에 없거든. 어디로 갔는지 내가 아니까 그쪽으로 가자.

13기지 단원들을 납치했던 무르티와 잉크스가 클론을 만났다는 동굴을 목적지로 삼았다. 그곳에서 클론이 발견되었다면 근처에 비밀실험실이 있을 가능성이 높았기 때문이다.

드론에서 그 동굴 주위를 탐색했다. 의심스러운 곳을 찾으려고 샅샅이 뒤지는데, 멀리서 숲속을 질주하는 오로라가 보였다. 드론을 몰아 다가가니, 도망치는 아폴론이 보였다. 아폴론과 오로라의 거리는 점점 벌어지고 있었다. 오로라는 몹시 지친 상태였다. 나는 손짓으로 아폴론을 가리켰다.

조르주는 아폴론을 향해 드론을 몰았다. 갑자기 드론이 나타나자 아폴론은 당황해서 어찌할 바를 몰랐다. 우리는 아폴론이 나가려는 방향을 드론으로 막았다. 아폴론은 사냥꾼에 몰리는 짐승처럼 이리저리 헤맸고, 결국 오로라에게 따라잡혔다. 아폴론은 이를 악물고 손에 든 무기를 휘두르며 오로라에게 달려들었지만, 가까이 접근하기도 전에 오로라가 쏜 화살이 아폴론의 허벅지를 꿰뚫었다.

화살을 맞은 아폴론은 그대로 쓰러졌다. 오로라는 활을 겨누며 아폴론에게 다가갔고, 조르주는 드론을 아폴론 근처로 착륙시켰다. 땅으로 내려간 나는 오로라에게서 건네받은 끈으로 아폴론의 손을 묶은 뒤 허벅지에 박힌 화살을 빼내고 응급처치를 했다. 화살은 빼냈지만 아폴론은 바닥에 쓰러진 채 잇달아 신음을 흘렸다.

오로라 넌 도대체 왜 이제야 나타나?

아이작 그럴 만한 사정이 있었어. 어떻게 된 거야?

오로라 저 일당들이 유전자조작 씨앗을 뿌리려는 걸 발견하고 뒤쫓다가 나 혼자 셋과 싸움이 붙었어. 마르스와 오르도는 제압해서 묶어두었고, 아폴론은 네가 보던 대로 추격 중이었어.

오로라는 메타버스에서 운동시간이 되면 활쏘기와 격투기만 했다. 대단한 실력을 갖춘 건 알았지만, 이 정도일 줄은 몰랐다.

아이작 로잘린과 미다스는?

오로라 이수스, 파이안, 디오네와 같이 아조크를 뒤쫓아 갔는데 그 뒤로는 모르겠어.

아이작 라우라랑 주디스도 아조크와 같이 왔을 텐데….

오로라 그 녀석들은 못 봤어.

예감이 좋지 않았다. 나는 통신기를 꺼내서 미다스에게 연락했다. 응답이 없었다. 로잘린에게 연락했다. 이번에도 대답이 없었다. 여러 번 시도했지만 마찬가지였다. 그때 오로라에게 파이안이 연락해왔다.

오로라 어떻게 된 거야? 어딨어?

파이안 다들 잡혀갔어. 라우라와 주디스가 16기지 단원들 일곱 명을 데리고 나타나는 바람에 힘도 써보지 못하고 당했어. 난 간신히 빠져나왔고.

아이작 지금 어디야?

파이안 위치를 보내줄게.

파이안이 보내준 위치를 확인했다. 걸어서 이동하기에는 조금 멀었다.

아이작 미안한데 여기서 아폴론 좀 감시해 줘. 우리는 친구들을 찾아보고 다시 올게.

조르주 괜찮아. 여기서 기다릴 테니까 다녀와. 안 돌아오면 알아서 기지로 갈 테니까 걱정 말고.

나와 오로라는 드론을 타고 파이안이 있는 곳으로 갔다. 그곳은 수백 년 된 나무들이 자라는 숲이었다. 숲 입구에서 내린 다음 숲속으로 들어갔다. 파이안은 뿌리가 밖으로 수십 가닥이나 뻗은 거대한 나무에서 우리를 기다리고 있었다.

오로라 어떻게 된 거야?

파이안 저 나무뿌리 뒤로 가면 동굴이 나와. 아조크의 뒤를 밟아서 거기로 들어가려는데 갑자기 놈들이 나타났어. 나는 맨 뒤에 있다가 간신히 도망쳤고, 다른 애들은 다 붙잡혔어. 난 도망쳤다가 다시 이곳으로 와서 너희를 기다린 거야.

거대한 나무를 돌아가니 뿌리 사이로 동굴이 뚫려 있었다. 그곳에 동굴이 있다는 걸 아는데도 잠시 헤맬 정도로 찾기가 어려웠다. 입구는 제법 넓어서 두 사람은 지나갈 만한 공간이었다. 처음엔 나무뿌리였지만 조금 들어가자 돌로 이루어진 천연동굴이 나타났고, 곧바로 철문이 우리 앞을 가로막았다. 손잡이를 돌리자 철문이 열렸고, 거대한 실험실이 모습을 드러냈다.

우리가 들어온 반대편의 철문은 굳게 닫힌 것으로 보아, 제7기사단의 에리스와 인티라가 들어가려고 애를 썼지만 들어가지 못한 비밀실험실이 바로 이곳인 게 확실했다.

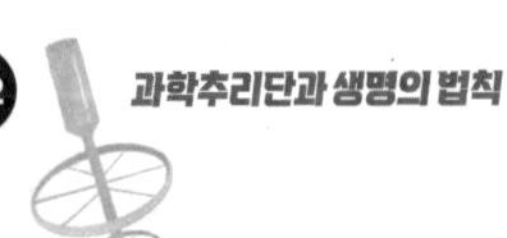

실험실에는 만들다 실패한 클론의 표본들로 가득했다. 몇몇은 인간과 비슷했지만 대부분 엉망이었다. 실험실 안의 또 다른 방을 열어보고 나도 모르게 신음이 나왔다. 그곳에는 클론을 대량으로 생산할 수 있는 인공 자궁 장치와 태어난 클론을 빠르게 성체로 키워내는 고속 양육기가 있었다. 대부분은 망가진 상태였지만 인공 자궁 세 대는 제대로 작동하고 있었다.

인공 자궁 안을 실시간으로 찍는 모니터를 보니 하나는 수정란이 주입되어 8세포기 상태였고, 다른 하나는 상실배 상태였으며, 마지막 하나는 막 착상이 이루어지려는 중이었다.

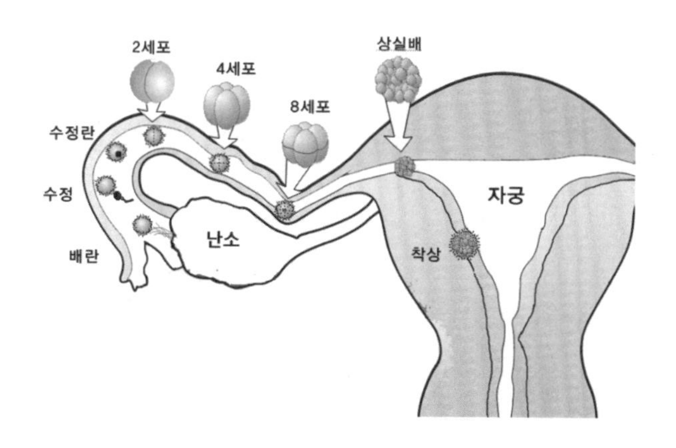

사람은 생식세포인 난자와 정자가 결합하는 수정을 통해 생명의 첫발을 내디딘다. **난자와 정자는 각각 23개의 염색체**를 가지고 있지만, **수정을 하면 체세포와 같은 46개의 염색체**를 갖게 된다. **수정란은 발생 초기에 빠**

르게 체세포 분열을 하여 세포 수를 늘리는 난할 과정을 거친다. 난할 과정에서는 워낙 빠르게 분열만 계속하므로 **배아**[24]의 크기는 수정란과 차이가 거의 없고, 딸세포 하나의 크기는 계속 작아진다. **난할을 거친 배아가 자궁 안쪽 벽에 파묻히는 것을 착상**이라고 하고, 이때부터 비로소 임신한 것으로 본다. 착상이 된 뒤 배아는 엄마의 몸에서 영양분을 공급받고 여러 기관이 형성되면서 사람의 형상을 갖춘 **태아**가 된다. 태아가 계속 자라서 7개월쯤 되면 거의 모든 기관의 발달이 완성되고, 수정된 날부터 **평균 266일**이 지나면 세상에 태어난다.

자궁은 생명을 길러내는, 인체에서 가장 신비한 장기다. 그런데 인간이 만든 기술이 인공 자궁을 만드는 단계까지 이르렀다니 믿기지 않았다. 이 인공 자궁을 대규모로 만들어서 공장에서 찍어내듯이 클론을 만들어낸다면 어떻게 될까? 상상도 하기 싫었다. 오로라는 인공 자궁 장치에 공급되는 전원을 끊어버렸다.

오로라 여기 빈 탁자를 봐. 크기로 봤을 때 인공 자궁이 여기 세 대는 있었어.

아이작 그걸 들고 갔네. 어디로 갔을까?

---

24 배아와 태아

수정이 이루어진 뒤부터 약 8주까지를 배아라 한다. 사람의 모습을 일정하게 갖추면 태아라고 부른다.

오로라 또 다른 비밀실험실로 갔겠지.

아이작 아니면…, 일단 나가자. 붙잡은 놈들을 추궁해 봐야지.

비밀실험실에서 나온 다음 파이안은 드론을 타고 13기지로 먼저 가게 하고 나와 오로라는 비행선에 마르스, 오르도, 아폴론, 조르주를 태워 기지로 갔다. 기지에서는 19명의 단원들이 긴장된 궁금증을 품고서 우리를 맞이했다.

일단 마르스와 오르도는 감금해 놓고, 아폴론은 의료실로 데려가 침대에 눕힌 다음 상체를 결박했다. 의료 로봇이 작동하지 않기에 파이안과 갈레노가 다친 다리를 치료했다.

아이작 그들이 어디로 갔는지 말해.

아폴론 너희들은 곧 후회하게 될 거야.

아이작 후회? 무슨 후회?

아폴론 후회보다는 싹싹 빌게 될 거라고 해야 하나? 크크크!

아이작 제우스의 계획이 이루어질 거라고 믿고 그러나 본데, 너희들 뜻대로 그렇게 쉽게 되진 않을 거야.

아폴론 이미 준비는 다 끝났어. 그 광물만 가져가면 이제….

그 순간 나는 아조크 일당이 어디로 갔는지 바로 알아챘다.

오로라 내 친구들을 어디로 끌고 간 거야? 말 안 해?

오로라가 화를 내며 아폴론의 멱살을 잡았다. 나는 오로라의 손목을 잡았다.

아이작 그들이 어디로 갔는지 알아냈어.

오로라 벌써? 그게 어딘데?

아이작 우리가 광물 X를 찾아낸 곳.

오로라의 눈빛이 번쩍였다. 아폴론은 눈치가 빨랐다.

아폴론 지금 거기 가봐야 늦었어. 이미 광물을 다 챙겨서 떠났을 테니까.

아이작 그건 두고 봐야지. 갈레노, 파이안, 조르주! 세 사람한테 부탁이 있어. 아폴론을 치료한 다음에 가둬놓고, 다른 단원들한테는 어떤 일이 벌어졌는지 잘 설명해 줘. 아직 제우스의 아이들이 남아 있을지 모르니까 조심하고.

파이안 그들이 어디로 갔는지 알아낸 거야?

아이작 어딘지 알아. 빨리 가야 하니까 잘 부탁할게.

갈레노 여기 걱정은 말고 잘 다녀와.

조르주 잠깐! 난 여기 머물 생각이 없는데…. 널 여기까지 데려온 게 난데 넌 나를 여기 떨궈놓고 가버릴 거야? 난 이런 데서 멍청히 기다리기 싫어.

어떻게 할까? 조르주와 함께 가도 될까? 아직은 조르주를 전적으로 신뢰하긴 힘들었다.

조르주 날 못 믿는 거야? 내가 그 녀석들이랑 한패일까 봐? 내가 한패면 널 여기까지 데려왔겠어? 가장 방해되는 놈이 너인데.

아이작 좋아. 그렇게 가고 싶다면 같이 가자.

비행선을 향해서 가는데 오로라가 다른 사람들이 들리지 않게 조용히 말을 걸었다.

오로라 아조크 일당이 간 곳이 첼리들의 동굴은 아니겠지?

아이작 당연하지. 그들이 에이다한테 저장된 기록을 봤을 테니 그 동굴일 수밖에 없어.

오로라 넌 이런 상황도 예측했던 거야?

아이작 예측이라기보다는 다양한 변수를 고려한 거지.

태양이 중심을 지나 석양을 향해 점점 다가가는 시간에 그 동굴 근처에 도착했다. 동굴 뒤는 절벽이고 그 앞은 암석지대인데 몹시 울퉁불퉁하다. 동굴 왼편은 초원지대고 오른편으로 조금 가면 숲이다. 예상대로 그들의 비행선이 초원지대에 착륙해 있었다.

우리는 비행선을 숲의 공터에 착륙시키고 몸을 숨긴 채 조심스럽게 동굴로 접근했다. 동굴에서 20m쯤 떨어진 나무 밑에 손목을 결박당한 로잘린, 미다스, 이수스, 디오네가 보였다. 손목을 묶은 끈이 각각 나무에 묶여 있었다. 주디스는 석궁을 든 채 동굴 안을 보며 초조하게 서성였다. 주디스가 가끔 나무 쪽을 보기는 했지만 그리 신경을 쓰는 것 같지는 않았다. 아조크와 나머지 일당은 보이지 않았다.

오로라 아무래도 다들 동굴 안에 갇힌 것 같지?

아이작 나머지가 다 갇혔다면 좋겠지만, 그렇지 않을 가능성도 고려해야 해.

오로라 다 갇히지 않았더라도 동굴 안에 있는 건 확실하잖아.

조르주 동굴 안에 갇혀 있다니 무슨 말이야?

아이작 저 안에 조금 재미난 장치를 해두었거든.

조르주 그럼 너희는 저 녀석들이 그 광물 X인지 뭔지를 노리고 이곳에 올 걸 미리 예측했단 말이야?

오로라 자세한 건 나중에 말해줄게. 친구들을 구하려면 지금이 기회야. 내가 주디스를 제압할 테니, 아이작 너는 친구들을 구해.

조르주 난 뭘 하지?

오로라 초원 쪽으로 가면 저들이 타고 온 비행선이 있어.

조르주 아하! 퇴로를 막겠다? 좋은 작전이네. 직접 구하는 작전에 참여하고 싶지만, 그 비행선에 접속하는 건 나만 가능하니까 내가 할게.

조르주는 뒤로 물러나더니 비행선 쪽으로 향했다. 나와 오로라는 수신호를 정하고 몸을 숨기며 목표 지점으로 접근했다. 오로라는 화살을 시위에 메긴 채 활쏘기 좋은 곳에 자리를 잡았다. 나는 작은 칼을 든 채 친구들이 묶여 있는 나무 뒤로 접근한 다음, 조용히 끈을 잘랐다. 그때 이수스와 눈이 마주쳤다. 나를 반가워하며 이수스가 심하게 몸을 움직였고, 그 바람에 다른 친구들뿐 아니라 동굴 앞에 있던 주디스마저 나를 발견했다.

주디스는 나를 보자마자 석궁을 쐈다. 마치 메타버스에서 동물을 사냥할 때처럼, 나를 겨냥해 석궁을 발사하는 데 아무런 망설임이 없었다. 나는 다급히 옆으로 몸을 피했지만 화살이 날아오는 속도는 내 반응 속도보다 훨씬 빨랐다. 화살이 팔을 스치고 지나갔다. 팔뚝이 찢어져 피가 사방으로 튀었고, 친구들은 놀라서 소리를 질렀으며 이수스는 손이 묶인 채 주디스를 향해 튀어 나갔다. 주디스는 재빨리 화살을 시위에 메기고 다시 쏘려고 했지만 그럴 수 없었다. 오로라가 쏜 화살이 주디스의 허벅지를 먼저 꿰뚫었기 때문이다. 주디스는 괴성을 지르며 쓰러졌다. 나는 신음을 참으며 일어나서 로잘린, 미다스, 디오네의 손목을 묶은 끈을 잘랐다. 오로라는 화살을 다시 시위에 메겨서 주디스를 겨냥하며 다가갔다. 아직 손목에 밧줄이 묶인 이수스가 바닥에 떨어진 석궁을 들더니 멀리 집어던졌다.

아조크 무슨 일이야?

갑자기 동굴 안에서 아조크가 고함을 지르며 튀어나왔다. 이수스는 손이 묶인 채로 아조크에게 달려들었다. 이수스가 그냥 피했으면 오로라가 활을 쏘아 아조크를 제압했겠지만 이수스가 아조크에게 달려드는 바람에 그러지 못했다. 이수스는 아조크와 함께 나뒹굴었다. 몸싸움이 잠깐 벌어졌지만 금방 끝나버렸다. 동굴에서 튀어나온 라우라가 칼로 이수스를 위협했기 때문이다. 아조크도 허리춤에 찬 칼을 꺼내 이수스의 목에 댔다. 조금 전 주디스는 망설임 없이 나에게 석궁을 쐈다. 저들 중 한 명은 이니마도 죽였다. 그런 놈들이니, 여차하면 이수스도 죽일 것이다.

로잘린이 옷을 찢어서 피를 흘리는 내 팔뚝을 묶었다. 내 얼굴에 튄 피를 닦아주려는 손을 슬며시 밀어내고 아조크를 향해 다가갔다. 로잘린

과 미다스, 디오네는 잔뜩 경계하며 내 뒤를 따라왔다. 나는 10m쯤 떨어진 곳에 섰다. 오로라는 15m쯤 떨어진 곳에서 아조크를 향해 화살을 겨누고 있었다.

아이작 이제 포기해. 다 끝났어. 너흰 성공할 수 없어.

아조크 동굴 안에 덫을 설치한 놈이 너냐?

아이작 나와 내 친구들이 했지. 너희들이 여길 노릴 줄 알고.

아조크 어디까지 알고 있는 거냐?

아이작 웬만한 건 다.

아조크 날 일부러 17기지로 데려간 거야?

아이작 친구는 가까이, 적은 더 가까이. 가까이 둬야 네가 무슨 짓을 하는지 알기 쉬우니까.

아조크 진작 널 제거해야 했는데….

아이작 그래서 이니마도 죽였어?

아조크 뭔 소리야? 걔는 사고로 죽었어. 질산은이 든 용액을 물인 줄 알고 마셨잖아. 그건 너도 알 텐데?

아이작 굳이 이제 와서 발뺌하다니 비겁하네.

아조크 그따위 억지로 날 모욕하지 마! 우리가 궁지에 몰렸다고 생각해서 자신만만한가 본데, 우린 아직 안 끝났어.

아이작 맞아. 아직 안 끝났지. 앞으로 네 부하들을 모두 찾아내려면 시간이 좀 걸릴 테니까.

자기가 제일 잘났다고 믿는 오만한 인간은 자신보다 더 강하고 뛰어난 사람을 만나면 주눅이 든다. 아조크를 제압하려면 자기 처지를 깨닫게 해야 한다. 자신보다 무서운 존재를 실감하게 해야 한다. 나는 계속 대화하며 아조크에게 좌절감을 덧씌웠다. 더는 어찌할 수 없는 절망감을 느끼게 하여 칼을 내려놓게 할 의도였다. 아조크는 대화를 나눌수록 조금씩 흔들렸다. 반응이 격렬해졌고, 가끔 칼을 든 손이 부들부들 떨리기도 했다.

조금만 더 놔두면 무너질 거라 확신하고 더 강하게 몰아붙이는데, 이수스의 발이 살짝 움직이는 게 보였다. 오로라가 겨냥하는 화살도 그 움직임에 따라 천천히 움직였다. 그러다 일순간 이수스가 머리를 뒤로 확 젖히며 아조크를 들이받아 버렸다. 아조크와 이수스가 뒤엉키며 바닥으로 넘어졌다. 깜짝 놀라 쓰러진 아조크가 칼을 휘두르려고 하자 오로라가 활을 쏘았다.

오로라의 화살은 아조크의 팔뚝을 꿰뚫었다. 혼란한 상황이 벌어진 틈을 타 칼을 든 라우라가 우리를 향해 뛰어왔다. 10m밖에 떨어져 있지 않았기에 순식간에 들이닥쳤다. 라우라의 칼에 놀라서 피했는데, 미처 피하지 못한 로잘린이 라우라에게 붙잡혔다. 라우라는 럭비선수처럼 로잘린의 허리를 붙잡은 채 그대로 뒹굴었다. 로잘린이 잠깐 반항했지만 라우라에겐 상대가 되지 않았다. 라우라는 로잘린의 팔을 뒤로 꺾고 목에 칼을 댄 채 일어났다. 머리를 다쳤는지 로잘린의 이마로 피가 흘러내렸다. 오로라가 화살을 메기려 하자 라우라가 괴성을 질렀다.

라우라 화살 메기지 마! 그러기만 해 봐. 확 목을 그어버릴 테니까.

오로라는 오른손에 든 화살을 바닥에 슬며시 내려놓았다. 팽팽한 긴장이 흘렀다. 그 사이에 바닥에 떨어진 칼로 손목을 묶은 끈을 자른 이수스는 쓰러져 있던 아조크와 주디스의 손목을 꽁꽁 묶었다. 아조크와 주디스는 여전히 팔과 다리에 화살이 박힌 상태였다.

아이작 무모한 짓 하지 마. 다 끝났어.

라우라 다 끝나긴… 이제부터 시작인데.

라우라의 입술에 비릿한 웃음이 걸렸다. 자신감이 가득한 웃음이었다. 일곱 명은 동굴 안에 갇히고, 대장과 친구는 화살에 맞아 쓰러진 상태인데 저 자신감은 어디서 오는 걸까? 로잘린의 목숨을 쥐고 있으니 언제든 상황을 뒤집을 자신이 있다는 걸까?

조르주 이건 또 무슨 상황이야?

그때 조르주가 나타났다. 비행선을 장악하라고 보냈더니 왜 이곳으로 왔는지 모르겠다.

조르주 라우라! 너 그거 좋은 짓 같지 않은데. 여기서 인질극을 벌여봤자 소용없어.

라우라 칫, 어디 소용이 있는지 없는지는 두고 보자고.

라우라는 로잘린의 목에 칼을 댄 채 조금씩 뒷걸음질 쳤다. 로잘린은 어쩔 수 없이 끌려갔다. 로잘린의 머리에서 피가 점점 더 많이 흐르고 있었다. 라우라는 칼로 로잘린을 위협하면서 계속 물러났고, 나와 오로라는 천천히 걸음을 내디디며 그런 라우라를 따라갔다.

조르주 이쪽은 걱정하지 말고 빨리 저 미친놈한테서 친구를 구해.

조르주가 소리를 질렀다. 라우라는 느리게 뒷걸음질을 쳤다. 로잘린의 목숨이 걸렸기에 우리는 섣불리 달려들지 못하고 일정한 간격을 두고 따라갔다. 곳곳에 나무들이 있었지만, 높이가 어깨 정도여서 뒤따라가는는데 방해는 되지 않았다. 질척거리는 긴장이 작은 나무들 사이로 번졌다. 로잘린의 머리에서 난 피는 이마를 붉게 물들이고 눈썹을 타고 흘러 눈으로 들어갔다. 로잘린이 눈살을 찌푸렸다. 자칫하면 오해로 칼을 사용

할 수 있기 때문에 로잘린은 붙잡히지 않은 왼팔로 피를 닦을 엄두도 내지 못했다.

아이작 로잘린의 머리에서 난 피가 눈에 들어가잖아. 지혈이 안 되면 눈에 들어가는 피라도 닦게 해줘.

때마침 로잘린의 얼굴 높이로 나뭇가지가 스치고 지나갔다. 라우라는 로잘린을 잠깐 살피더니 비릿하게 웃었다.

아이작 피라고? 웃기고 있네. 이런 걸로 날 속이려 들어?

나는 사실을 말했는데 라우라는 속임수라고 했다. 처음에는 로잘린이 피를 흘리든지 말든지 상관하지 않는 잔혹한 심성이 드러났다고 생각했다. 그러다가 문득 어떤 생각이 스쳐 지나갔다.

아이작 이거, 속임수야.

오로라 뭐라고?

아이작 속임수라고. 저 새낀 사람 못 죽여. 그냥 공격해. 진짜는 따로 있어.

오로라는 내 말이 끝나자마자 등 뒤에서 화살을 꺼내 활에 메겼고, 로잘린은 머리를 힘껏 뒤로 젖혀서 라우라의 머리를 때려버렸다. 뒤로 넘어진 라우라는 칼을 놓치고는 뒤로 넘어졌다. 오로라가 활을 쏘려고 하자 라우라는 몸을 바짝 숙이며 나무 뒤로 몸을 숨기더니 수풀을 헤치며 전속력으로 도망쳤다.

나는 있는 힘껏 동굴 쪽으로 뛰었다. 심장이 미친 듯이 뛰었다. 걱정이 현실이 아니길 빌었다. 그러나 동굴 앞에 도착하자 모든 걱정이 현실이 되어 내 앞에 펼쳐져 있었다. 바닥에는 조르주와 디오네가 신음을 흘리며 쓰러져 있었고 주디스와 아조크, 이수스와 미다스는 비행선과 함께 사라지고 없었다.

그뿐이 아니었다. 동굴 안에 설치해 둔 봉쇄 장치가 용암에 닿은 것처럼 녹아 있었다. 돌과 철로 만든 장치인데 마치 아이스크림처럼 물렁하게 녹아버린 것이다. 물렁하게 녹아내리는 바위 구석에 2/3쯤 녹은 고양이 발톱의 흔적이 남아 있었다. 올림포스 우주기지에서 봤던 바로 그 고양이발톱이었다. 보안장치 안에 광물 X를 가지러 들어갔다가 갇혔던 놈들은 바위 위에 덧씌워 놓았던 광물 X도 모조리 가지고 사라져 버렸다. 상상했던 각본 중에서 최악의 결말이었다.

동굴 밖으로 나왔다. 나는 쓰러져 있는 디오네와 조르주에게 갔다. 디오네는 정신을 완전히 잃었는데 조르주는 신음을 흘리며 일어나려고 했다. 나는 옆에 떨어진 끈을 집어 조르주의 손목을 뒤로 묶었다. 몸을 일

으키던 조르주가 눈을 동그랗게 뜨고 의아하다는 듯 나를 쳐다봤다.

조르주 뭔 짓이야?

아이작 연극은 그만해.

조르주 연극이라니, 내가 공격당한 거 안 보여?

나는 팔뚝을 묶은 천을 풀었다. 천에는 피가 흥건하게 묻어 있었다.

아이작 이 천에 뭐가 묻었는지 보여?

조르주 그건….

조르주가 이맛살을 찌푸렸다.

아이작 그래, 모르겠지. 아니 알더라도 혹시나 할 거야. 너는 색맹이라 확신하지 못하니까.

조르주 내가 색맹인 게 무슨 죄야?

아이작 죄는 아니지. 문제는 라우라도 색맹이라는 게 문제일 뿐. 라우라는 로잘린이 흘리는 피를 몰라봤어. 아마 다른 상황이었다면 피라고 생각했을 거야. 그런데 라우라가 로잘린을 보는 순간 하필이면 초록색 나무가 로잘린의 얼굴을 살짝 가

렸어. 그 바람에 라우라는 붉은 피와 초록색 나뭇잎을 구분 하지 못했지. 그때 알았어. 라우라가 색맹이라는 걸.

사람의 형질은 유전자 정보를 통해 위에서 아래로 전해진다. **형질을 결정하는 유전자는 상염색체**에 있으며, 성별에 따라 형질이 나타나는 정도에는 차이가 없다. **대립유전자가 2개인 경우에는 대립 형질이 뚜렷하며, 멘델의 분리 법칙을 따른다**. PTC미맹, 눈꺼풀, 귀볼, 혀 말기, 이마선 모양 등의 형질이 이에 해당한다. **PTC용액의 쓴맛을 느끼지 못하는 형질인 PTC미맹**은 유전자형 정상(T), 미맹(t) 두 가지가 있으며 T가 우성이다.

표현형	정상		미맹
유전자형	TT	Tt	tt

대립유전자가 세 가지인 경우에는 ABO식 혈액형이 있다. ABO식 혈액형에는 대립유전자가 A, B, O 세 가지이며 O는 A와 B에 열성이고, A와 B는 서로 우열 관계가 없다. (A = B > O)

표현형	A형		B형		AB형	O형
유전자형	AA	AO	BB	BO	AB	OO

사람의 성은 남성의 성염색체 XY와 여성의 성염색체 XX가 만나서 결정된다.

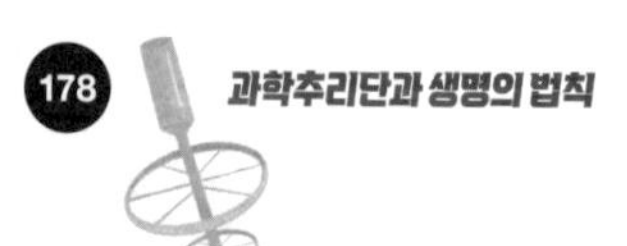

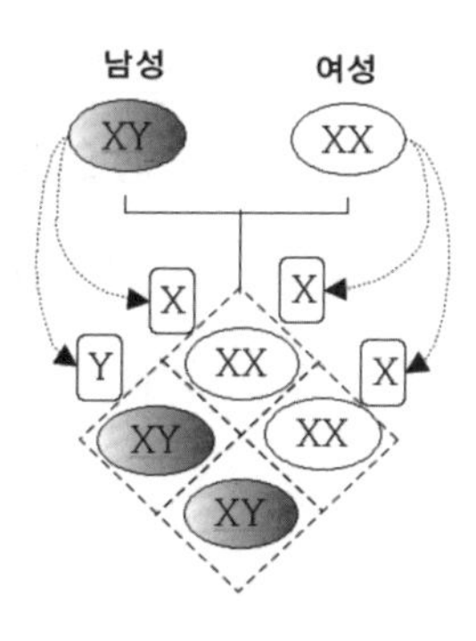

성염색체에 의한 유전은 반성유전이라고 하며, 형질을 결정하는 유전자가 성염색체에 있고, 남녀에 따라 형질이 나타나는 정도에 차이가 있다. **대표적인 반성유전이 적록색맹**이다. **적록색맹은 붉은색과 초록색을 잘 구별하지 못하는 형질**이다.

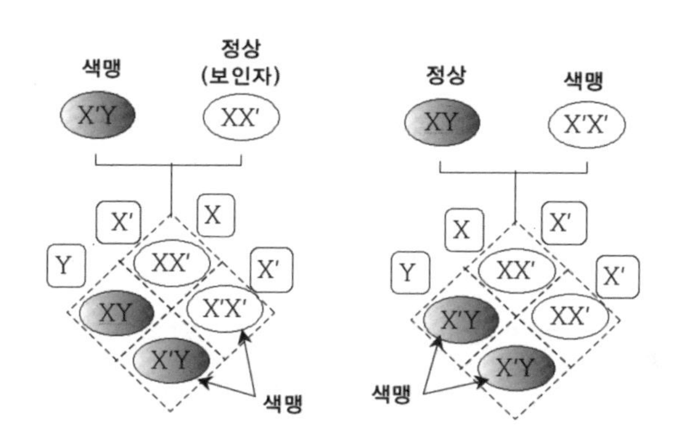

정상 대립유전자(X)는 색맹 대립유전자(X')에 대해 우성이다.(X>X') **남성의 성염색체는 XY이므로 색맹 대립유전자 X'가 하나만 있어도 색맹**이 된

다. 그러나 **여성은 성염색체가 XX이므로 색맹 대립유전자 X′가 2개 있어야 색맹**이 되고, **여성의 성염색체에 색맹 대립유전자가 하나만 있으면 (XX′) 색맹 유전자는 있지만 표현형은 정상인 '보인자'**가 된다. 그래서 여성보다 남성에게서 색맹이 훨씬 많이 나타난다.

아이작 나는 에이다한테서 별의 아이들에 관한 웬만한 신상정보는 다 받았어. 그 정보에 따르면 너는 미맹이야. 라우라도 미맹이지. 너와 라우라의 혈액형은 AB형으로 똑같아. 색맹에 관한 정보는 없었는데 이번에 둘 다 색맹이란 걸 알게 됐지. 여자는 색맹이 극히 드문데, 넌 색맹이고 라우라도 색맹이야. 너와 라우라는 똑같이 위험과 짜릿함을 즐기는 익스트림 스포츠를 좋아해. 그 외에도 공통점이 몇 가지가 더 있어. 한 가지 형질이 겹치면 우연이지만, 여러 형질이 계속 겹치면 그건 우연이 아니야. 유전적으로 매우 가까운 사이라는 증거니까. 그래서 내가 내린 결론은 너랑 라우라가 같은 부모에게서 태어난 이란성쌍둥이라는 거야.

조르주 말도 안 돼. 그건 억측이야.

아이작 말로 사람을 속일 순 있지만, 유전자는 속이지 못해. 내 말이 맞는지 여부는 나중에 에이다에게 확인해 보면 되니까 날 설득하려 애쓰지 않아도 돼. 부모에 대한 정보는 에이다에게도 없지만 유전정보는 다 있으니 이란성쌍둥이인지 아닌지 확인하는 것쯤은 아주 쉽지.

조르주 하지만 에이다는 지금….

아이작 에이다를 걱정하는 게 아니라 너 자신을 걱정하는 거겠지만, 그래도 걱정 마. 에이다는 며칠 뒤에 다시 돌아오니까. 너와 라우라는 이란성쌍둥이고, 어쩌다 그랬는지는 모르지만 서로 그 사실을 알게 됐어. 그리고 같이 제우스의 아이들에 들어갔고.

조르주는 인상을 찌푸린 채 가만히 있었다.

아이작 너희들 대장이 누군지도 알아냈어. 조금 전까지는 아조크인 줄 알았는데 아니더라고. 에이다가 그랬어. 경직된 조직은 우두머리가 제거되면 무너진다고. 그런데 아조크가 제압당했는데도 라우라는 이제 시작이라고 했어. 마치 아무 일도 없다는 듯이 차분했지. 로잘린을 죽이지 못한다고 내가 확신하자마자 겁을 집어먹은 놈이 그 순간에는 참 침착했어. 왜 그랬을까? 믿고 따를 대장이 바로 앞에 있었기 때문이지.

조르주는 계속 내 말을 듣기만 했다.

아이작 이니마는 살해당했어. 나는 아조크, 아폴론, 이수스를 용의자로 좁히는 데까지는 성공했지만 살해범이 누군지는 밝히지 못했어. 그래서 계속 셋을 주시했지. 조금 전 대화에서 아조크는 이니마가 사고로 죽었다고 말했지. 진짜 그렇게 알고 있었어. 내가 누구를 말하는지 알지?

조르주 이수스.

아이작 그래. 그 녀석은 아주 교묘하게 우리가 이 사태를 완전히 장악하는 걸 방해했어. 무엇보다 고양이를 좋아하지. 고양이 발톱, 그게 뭔지 모르지만 그것만 있으면 신비한 광물과 해저 생명을 이용해 엄청난 일을 저지를 수 있다는 걸 난 알아. 바위와 쇠를 아이스크림처럼 녹이는 건 장난일 정도로. 아마 그걸로 웜홀에 걸린 제약을 풀려고 하겠지. 제1지구에 사는 탐욕스런 인간들이 이곳으로 넘어올 수 있도록.

조르주 그래도 나는 네가 여기 오도록 도왔는데, 어떻게 날 의심한 거야? 그깟 색맹 하나로 모든 걸 판단했다는 건 믿기지 않아.

아이작 친구는 가까이, 적은 더 가까이! 내가 그렇게 생각한다면, 너도 그렇겠지. 아니, 정확히는 너희의 대장인 이수스의 생각이겠지만.

조르주 넌 정말 대단하구나. 이수스만 한 능력자는 별의 아이들 중에 없을 줄 알았는데….

아이작 휴~, 넌….

나는 잠시 숨을 골랐다.

아이작 넌, 너희들이 하는 짓이 옳다고 생각하니?

5

역학에너지와 패러데이의 선물

수풀 속에서 오로라가 로잘린을 부축하며 걸어왔다. 로잘린은 다리를 삐었는지 절뚝거렸다. 오로라는 주변을 살피더니 어떻게 된 일인지 금방 알아차렸다.

아이작 유전자조작 씨앗으로 생태계를 오염시키고, 수많은 클론을 노예로 부리면서 탐욕의 역사를 되풀이하려는 제1지구의 어른들이 이곳에 넘어오게 하는 게 옳다고 생각해?

조르주 어린 우리끼리는 여기서 살아남지 못해. 제대로 정착도 못 하고 실패할 거야. 어른이 있어야 해.

아이작 그래, 어른이 필요할 수도 있지. 그렇지만 그런 범죄를 기획하는 어른이 꼭 필요할까? 인류의 역사를 망치고, 지구를

망친 탐욕밖에 모르는 어른을 불러들여서 뭘 어쩌겠다고. 이곳마저 제1지구처럼 망치는 꼴을 보고 싶어? 그게 네가 정말 원하는 거야?

조르주는 입과 눈을 꾹 감았다. 나는 질문을 멈췄다. 로잘린은 쓰러진 디오네를 살폈고, 오로라가 나를 대신해 조르주를 설득했다. 나는 가만히 눈을 감고 생각했다. 이번에야말로 정확한 추리와 예측이 필요했다. 그들은 어디로 갔을까? 막연히 고민해선 답이 안 나온다. 그들이 했던 행동, 말, 징표 등을 바탕으로 추론해야 한다.

하나씩 되짚다가 13기지 의료실에서 아폴론이 했던 말을 떠올렸다. 아폴론은 이미 준비가 다 끝났다고, 광물 X만 챙기면 된다고 했다. 그들은 비밀실험실에서 인공 자궁 세 대도 챙겨 갔다. 그게 무슨 뜻일까? 혹시 클론을 대규모로 만드는 시설이 이미 어딘가에 준비되어 있다는 걸까? 에이다도 모르게 그런 곳을 만들었을까?

광물 X와 이끼 S, 그리고 고양이발톱을 사용하려면 그것을 웜홀까지 가져가야 한다. 지금 사용하는 비행선은 올림포스 너머의 우주로는 갈 수 없다. 웜홀까지 가려면 별도의 우주선이 필요하다. 그렇다면 혹시 웜홀까지 가는 우주선이 준비된 걸까? 그건 충분히 가능하다. 제우스 정도 되면 에덴의 아침 위원회의 눈을 피해 우주선 한 대쯤 웜홀을 통과시켜 제2지구로 보내는 건 어렵지 않았을 것이다.

웜홀은 우주에서 태어난 우리와 같은 별의 아이들이 아니면 신체를 빨리 늙어버리게 하는 제약이 걸려 있는데, 그 우주선에는 광물 X, 이끼 S, 고양이발톱을 이용해 웜홀의 제약을 깨뜨리는 장치가 있을 것이다. 아마도 그 제약은 일시적으로만 깨질 것이다.

그렇게 생각하는 이유는 두 가지다. 하나는 제약이 완전히 깨진다면 아무나 웜홀을 통과해 제2지구로 넘어올 것이고, 그러면 제우스가 원하는 방식으로 제2지구를 지배하는 것은 불가능하기 때문이다. 다른 하나는 인간의 이해력 부족이다. 인간은 아직 웜홀을 제대로 이해하지 못했다. 원리를 아무것도 이해하지 못한 상황에서 강력히 걸려 있는 제약을 완전히 해결하는 건 불가능하다. 그렇다면 웜홀 반대편에서 신호를 기다리고 있지는 않을까? 어쩌면 그들은 이미 작은 실험을 통해 제약 조건이 짧게나마 깨지는 것을 확인하지 않았을까?

얼추 그림이 그려지면서 그들의 기지가 어디 있는지 알 만했다. 대규모 시설을 만들려면 머무는 장소에서 가까워야 한다. 그들이 비밀 기지를 만들 곳은 하나밖에 없다. 에덴 16기지가 있는 곳이다. 그 지역에는 천연 동굴이 많다. 기지 외에도 대규모 지하 시설을 건설할 공간이 많은 지형이다. 많은 자원을 투입하지 않고도 은신처를 마련하기에 드넓은 천연 동굴처럼 좋은 곳은 없다.

그곳에 간다고 그들의 비밀 기지를 쉽게 찾을 순 없겠지만, 분명히 16기지와 그들의 비밀 기지를 연결하는 통로가 있을 것이다. 그걸 찾으려면

갈레노를 비롯한 16기지 단원들의 도움이 필요하다. 그들은 나보다 그 기지를 잘 아니 도움이 될 것이다.

생각을 끝낸 나는 눈을 떴다. 오로라는 아직까지 조르주를 설득하고 있었지만 조르주는 눈과 입을 꾹 닫은 채 꿈쩍도 하지 않았다.

아이작 그만 설득해도 돼. 어딘지 알아냈으니까.

오로라 정말?

로잘린 어딘데?

조르주가 눈을 떴다. 내가 정말 알아냈는지 확인하고 싶은 눈빛이었다.

아이작 에덴 16기지가 있는 지하 공간.

조르주의 눈빛이 미세하게 흔들렸다.

오로라 그렇지. 나라도 비밀 기지를 만든다면 그런 곳에 만들 거야.

로잘린 거기 지하는 엄청 넓어서 찾기가 쉽지는 않을 거야.

아이작 거기 가서 찾을 생각 없어. 그건 시간 낭비니까. 거긴 화학물질이 많아. 그걸 이용해 모조리 폭파하면 돼. 그럼 두더지처럼 알아서 기어 나올 거야. 안 그랬다간 지하에 그대로 묻힐 테니까.

나는 조르주의 마음을 흔들기 위해 일부러 그렇게 말했다. 그렇다고 완전히 압박용 허세는 아니었다. 어쩔 수 없는 상황에 몰리면 정말 그렇게 할 생각이었다.

오로라 그 정도 폭발력이 있는 물질은 그곳에 없어.

아이작 아니, 있어. 그 지대 전체를 완전히 가루로 만들어버릴 만한 게.

그러면서 이끼 S를 따로 빼돌려서 몰래 배양하고 있다는 사실을 밝혔다. 내가 가진 광물 X와 이끼 S를 이용하면 폭발력을 수백 수천 배로 늘릴 수 있다는 사실도.

로잘린 그러다 미다스가 다치면 어떡하려고?

아이작 비밀 기지를 못 찾으면 그놈들이 미다스를 그냥 두지 않을 거야. 만약에 그들의 프로젝트가 시행돼서 제우스의 일부라도 이곳으로 건너오면, 우리 모두 끝장날 뿐 아니라 제2지구 전체가 망가질 테고.

나는 결연하게 말했다. 차가운 냉기와 긴장이 우리를 휘감았다. 조르주가 고개를 숙이며 눈을 감았다. 그때 신음을 흘리며 깨어난 디오네가 어리둥절한 표정으로 상황을 파악하려고 애썼다. 우리는 비행선으로 갔다. 눈과 입을 닫은 채 묵묵히 따라온 조르주는 비행선의 문이 닫히자 눈을 뜨더니 입을 열었다.

조르주 내가 그 기지의 위치를 알아. 몰래 들어가는 방법도.

비행선에 시동을 걸었다.

조르주 난 제우스가 하려는 짓에 동의하지 않아. 라우라 때문에 어쩔 수 없었어. 나는 라우라를 잃기 싫었을 뿐이야. 괴로움을 잊고 싶을 때면 메타버스에 들어가 번지점프처럼 위험한 스포츠에 빠져들었어. 그러면 조금은 고통이 덜어지니까. 올림포스에서 라우라가 광물을 훔치는 걸 알았는데, 아이작 네가 메타버스에서 날 만나러 왔을 때 털어놓을까 잠시 생각했어. 왜 그런지 모르지만 너라면 이 모든 문제를 해결해 줄지도 모른다는 예감이 들었거든. 그리고 내 예감은 현재까지 적중했고. 지금 보니 앞으로도 적중할 것 같아.

오로라 그래 놓고 또 뒤통수치려고?

아이작 그 말, 믿을게. 그리고 뒤통수를 치든 말든 상관없어. 최후의 수단은 준비한 채로 일을 진행할 테니까.

비행선이 에덴 13기지에 도착하니 저녁이었다. 거기서 숨겨놓은 이끼 S를 찾아서 실었다. 광물 X는 비행선에 이미 보관하고 있는 상태였다. 갈레노는 같이 가자는 부탁을 기꺼이 들어주었다. 파이안도 따라가겠다고 했지만, 신뢰할 만한 사람이 한 명쯤 13기지에 있어야 했기에 남아달라고 부탁했다. 에이다의 도움을 받지 못하는 상태에서 저녁에 비행할 수는 없었기에 우리는 새벽까지 기다렸다가 출발했다.

다음 날, 비행선을 타고 에덴 16기지로 이동했다. 혹시라도 알아채지 못하도록 최대한 안전한 곳에 비행선을 착륙시키고 기지로 접근했다. 조르주가 말한 장소로 가기 전에 먼저 에리스 일행이 있는 곳을 찾았다. 에리스, 인티라, 무르티, 잉크스는 13기지에서 납치 사건을 벌인 제7기사단 단원들이다. 우리를 반갑게 맞이하는 그들에게 상황을 설명하고 도움을 요청했다.

조르주는 자신의 태블릿에 저장된 비밀 파일을 열어서 보여주었다. 그 파일엔 비밀 기지의 구조가 제법 자세히 담겨 있었다. 에덴 16기지에서 비밀 기지로 들어가는 통로는 두 갈래였지만, 그곳은 안에서 잠가버리면 외부에서는 진입할 수 없었다. 반대 방향 쪽에는 만일의 사태를 대비해서 만들어놓은 탈출구가 있는데, 진입이 그리 까다롭지 않았다. 그날 내

내 우리는 진입 작전을 세우고, 물품을 준비했다.

광물 X와 이끼 S를 이용해 폭발물을 만드는데 에리스가 걱정스레 물었다.

에리스 꼭 이렇게 극단적인 방법을 택해야 해? 잘못되면 너희가 죽을 수도 있어.

아이작 최후의 수단이야. 만에 하나 벌어질 사태를 대비한.

에리스 그냥 처음부터 폭파하면 되잖아.

아이작 내 친구가 저 아래에 있어. 제우스의 아이들이라고 해도 그들을 함부로 죽이면 안 되기도 하고. 나는 그들과 똑같아지기 싫어. 마지막까지 다 해본 뒤에, 어쩔 수 없으면 그때 마지막 수단을 써야지.

에리스 넌, 참 독특하구나. 사람은 다들 자기 목숨을 가장 귀하게 여기는데….

아이작 나도 다른 방법이 있으면 좋겠어. 우주선이 발사될 기미가 보이거나, 우리한테서 실패했다는 신호가 오면 단 1초도 망설이지 말고 터트려. 부탁할게.

에리스 그래, 알았어.

갈레노와 로잘린은 작전이 끝나고 다치는 사람이 생겼을 때를 대비해 의료 설비와 약품을 챙겼다. 로잘린은 발목을 다쳐서 기지로 같이 들어가지 못하는 자신의 처지를 안타까워했다. 혹시 모를 폭발에 대비해 의료장비와 약품은 기지에서 떨어진 곳으로 옮겼다. 에리스와 인티라는 비밀 기지와 16기지가 연결되는 지점에 폭발물을 설치하고, 디오네와 잉크스는 우리와 같이 가다가 갈라져서 비밀 기지 위쪽의 동굴에 폭발물을 설치하기로 했다. 기지 안으로는 나와 오로라, 조르주, 무르티가 들어가기로 했다. 처음에 오로라는 조르주가 기지 안으로 들어가는 걸 반대했지만 조르주의 능력이 필요하다면서 내가 설득했다.

최대한 빨리 작전을 개시하고 싶었으나 준비하는 데 생각보다 시간이 오래 걸렸다. 다음 날 아침, 일찍 식사를 하고 작전에 돌입했다. 로잘린은 우리를 일일이 껴안으며 배웅했다. 에리스와 인티라는 16기지와 비밀 기지가 연결된 지점으로 갔고, 우리는 탈출용으로 만들어놓은 동굴로 향했다. 오르막이긴 했지만 동굴 입구까지 가는 길은 험하지 않았다.

계획한 시간이 맞는지 주기적으로 확인하면서 동굴 안을 걸었다. 바닥이 평탄하고 넓어서 이동하는 속력이 예상보다 빨랐다. 첫 목표 지점까지는 거리가 2㎞였다. 보통 사람은 평균 4㎞/h 정도의 속력으로 걷는다. **속력은 단위 시간(1초, 1분, 1시간) 동안 물체가 이동한 거리**이므로, 2㎞를 걷는 데 30분쯤 걸릴 거라고 예상했다.[25]

---

25 $4\text{km/h} = \dfrac{2\text{km}}{\text{시간}}$, $\therefore$ 이동시간 $= \dfrac{2\text{km}}{4\text{km/h}} = 0.5$시

$$속력 = \frac{이동\ 거리}{걸린\ 시간}\ (m/s,\ km/h)$$

길이 조금 험하면 1시간까지도 걸릴 것으로 각오했지만, 동굴의 상태가 워낙 좋았고 급한 마음에 걸음을 재촉하다 보니 20분 만에 첫 목표 지점에 도착했다. 예상은 4㎞/h였지만 계산해 봤더니 6㎞/h의 속력으로 이동한 것이었다.

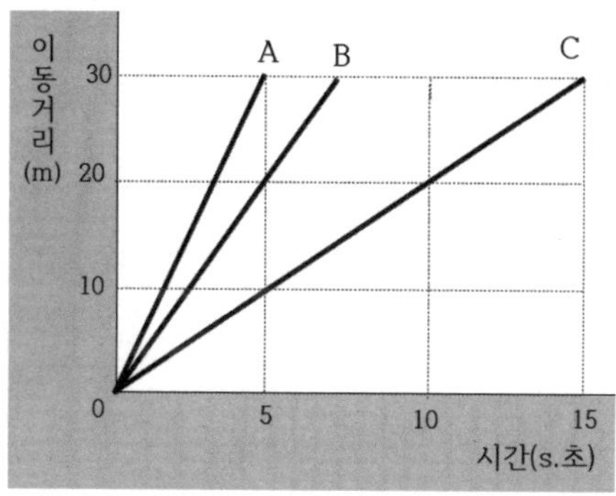

※ 시간-이동거리 그래프에서 기울기는 속력이다.

$$A = \frac{30m}{5초} = 6m/s$$

$$B = \frac{20m}{5초} = 4m/s$$

$$C = \frac{20m}{10초} = 2m/s$$

우리는 첫 지점에서 잠시 쉬며 가볍게 물을 마시고 다음 단계로 나아가기 위해 마음을 다졌다. 다음에는 깊이 125m나 되는 절벽 아래로 내려가야 한다. 절벽을 타고 내려가는 길이 험해서 큰 난관이었다. 거기서 체력을 지나치게 소모하는 것도 문제지만, 작전에 쓸 짐도 걸림돌이었다. 방법을 고민할 때 조르주가 제시한 해결책이 번지점프였다. 절벽에서 다음 절벽까지 연결해 놓은 굵은 나무다리가 있으니, 그 가운데에 끈을 묶고 뛰어내리면 된다는 것이다. 황당했지만 효과적이기에 그 방법에 동의했다.

디오네와 잉크스는 나무 다리를 건너서 비밀 기지 위로 이어지는 동굴로 계속 들어가 폭탄을 설치하고 빠져나갈 것이다. 조르주는 익숙한 솜씨로 번지점프를 준비했다. 레이저로 바닥까지 높이를 다시 확인하더니 그에 맞게 끈의 길이를 조절하고, 몸을 묶을 안전 장비도 챙겼다.

오로라 안전하긴 한 거야?

조르주 무슨 걱정이야. 어차피 내가 먼저 뛰어내릴 텐데. 내가 안 죽으면 너희도 안 죽으니까 걱정 마.

오로라가 어이없어하며 고개를 절레절레 흔들었다.

조르주 이건 물리법칙이고, 물리법칙은 예외 없이 들어맞아. 번지점프는 자유낙하 운동이야. **자유낙하 운동은 정지해 있던 물체**

가 중력의 힘만 받고 아래로 떨어지는 운동이지. **자유낙하를 하는 물체는 종류나 질량에 관계없이 1초마다 9.8m/s씩 속력이 증가**해. 그러니까 나는 정확히 5초 후에 49m/s의 속력으로 122.5m 지점에 도달할 거야. 떨어지는 반작용으로 몇 번 출렁거리고 나면 안전장치를 풀고 바닥에 발을 딛고 서 있겠지. 이처럼 정확하게 미래가 예측되는 상황에서 걱정은 무의미해.

보통 내가 겁이니 걱정이니 하는 단어를 쓰면 오로라가 저런 이성적인 얘기로 안심을 시키고 설득했는데, 오로라가 조르주에게 그런 말을 듣고 있는 걸 보니 웃음이 나면서 긴장이 살짝 풀어졌다.

자유낙하 운동은 조르주의 말처럼 1초마다 9.8m/s씩 속력이 증가한다. 자유낙하를 시작하는 순간의 속력은 0m/s이지만 1초가 지나면

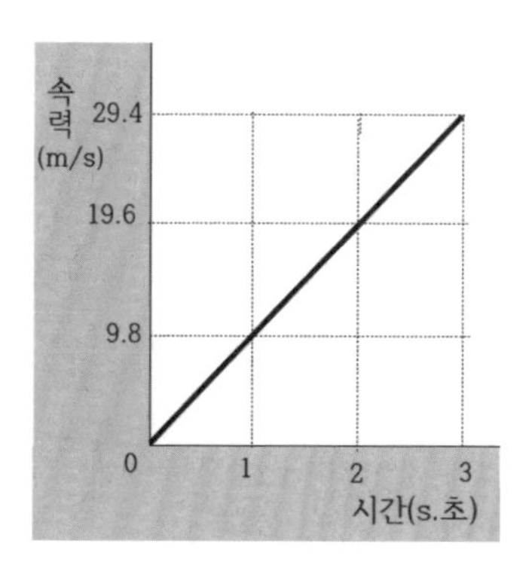

9.8m/s, 2초가 지나면 19.6m/s로 점점 빨라진다. 그리고 **자유낙하 운동에서 이동 거리는 속력 그래프의 아래쪽 삼각형의 넓이**다.[26]

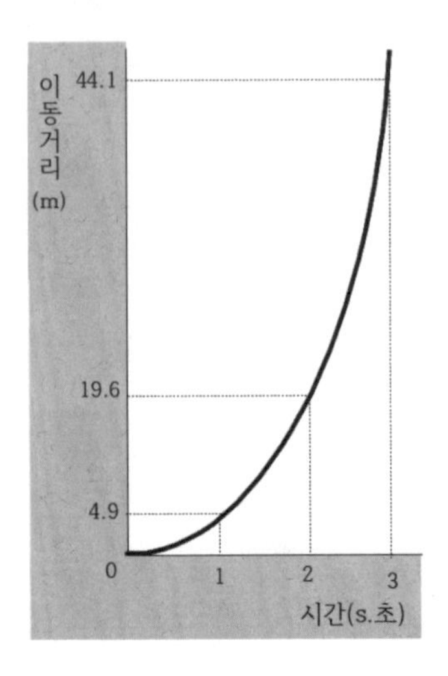

시간(초)	속력(m/s)	이동거리(m)
1	9.8	4.9
2	19.6	19.6
3	29.4	44.1
4	39.2	78.4
5	49	122.5

그러니 조르주의 말처럼 자유낙하한 뒤 5초가 흐르면 122.5m 지점에 도착한다. 그것은 무게에 상관없이 동일하게 적용되는 중력의 법칙이다. 옛날 사람들은 무거운 물체는 빠르게 떨어지고 가벼운 물체는 느리게 떨어진다고 믿었지만, 이는 갈릴레오 갈릴레이에 의해 깨졌다. 실제로 진공

---

26 자유낙하 운동에서 이동거리

이동거리(S) = 속력(V)×시간(t)

$$평균속력 = \frac{초기속력 + 최종속력}{2}$$

자유낙하 운동에서 초기속력은 0m/s이므로, 평균속력 = $\frac{1}{2}$×최종 속력

∴ 이동거리(S) = $\frac{1}{2}$× 최종 속력 × 시간 = $\frac{1}{2}$Vt

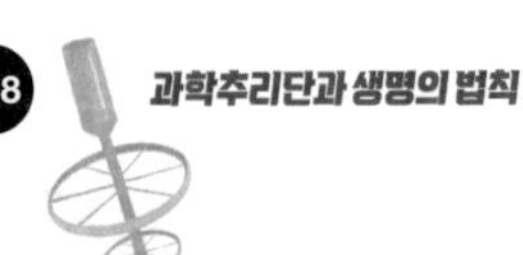

상태에서 실험해 보면 돌과 깃털이 똑같이 떨어진다. 속력과 시간과 이동거리는 물리법칙이고, 물리법칙은 예외 없이 우주 어디서나 적용된다.

조르주는 끈의 길이를 맞추더니 안전장치를 몸에 묶고는 망설이지 않고 뛰어내렸다. 125m 아래의 절벽으로 5초 만에 도달하더니 몇 번의 출렁거림이 멈추자 안전장치를 풀고 바닥으로 뛰어내렸다.

오로라 저런 걸 아무렇지 않게 하니 정말 별일 아닌 것 같네.

디오네 조르주는 늘 그랬어. 정확히 계산하고 위험에 뛰어들어. 그러니까 겉으로 보기엔 무척 위험해 보이지만 실제로는 위험하지 않아.

위험해 보이지만 위험하지 않다는 말이 의미심장하게 들렸다. 줄을 잡아당겨서 올린 다음 오로라가 몸을 묶고 뛰어내렸다. 겁이니 어쩌니 했지만 오로라도 머뭇거리지 않았다. 계산이 맞으면 겁먹을 이유가 없다는 평소의 믿음에 걸맞는 단호함이었다. 다음으로 작전에 필요한 짐을 묶어서 아래로 던졌다. 짐을 내리고 난 뒤에는 무르티가 뛰어내렸고, 마지막으로 내가 뛰어내렸다. 무중력은 숱하게 경험했지만 자유낙하는 경험한 적 없기에 무척 기대가 되었다. 발을 허공에 내딛자 몸이 아래로 쏠렸고, 짧은 순간이지만 내가 할 수 있는 게 아무것도 없는 상태에 빠졌다. 두려울 줄 알았는데 평온했다. 아무것도 하지 못하고 중력에 몸을 맡겨야만 하는 순응이 오히려 내게 무한한 자유를 느끼게 했다. 단 5초였지만 그 만족감은 강렬했다.

다시 짐을 메고 다음 목표 지점을 향해 걸었다. 동굴 상태는 처음과 다름없었다. 5분쯤 걷자 거대한 빙판길이 나타났다. 벽도 온통 얼음이었다. 제2지구의 지하에 흐르는 이상한 냉기가 만들어낸 얼음 동굴이었다.

조르주 앞서 말했듯이 이 빙판길 끝은 절벽이야. 그러니까 절벽 아래로 떨어지지 않도록 끈을 반드시 묶어야 해. 끈이 팽팽해지면 이 스키 스틱으로 얼음을 찍으며 왼쪽으로 이동해.

또다시 조르주가 앞장섰다. 끈을 바위에 고정한 다음 허리춤에 단단히 묶었다. 그러고는 2m 정도 도움닫기를 한 뒤에 썰매를 타듯이 빙판 위로 뛰어올랐다. 조르주는 빙판 위를 일정한 속력으로 이동했다. 얼음 위라 마찰력이 없기에 방향과 속력을 바꿀 수 없었다. **등속직선운동을 하**

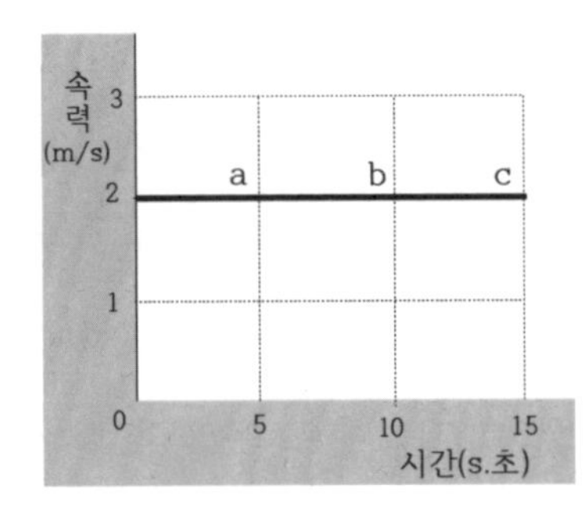

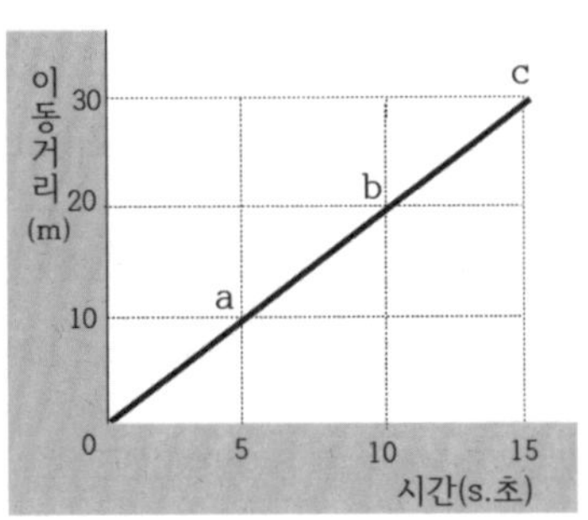

면 속력은 일정하므로 이동거리도 시간에 따라 일정하게 증가한다.

조르주는 같은 속도로 움직이다 줄이 팽팽해지는 순간 멈췄다. 줄의 탄성력으로 뒤로 다시 밀려나려고 하자 스틱으로 얼음을 찍었다. 조르주는 방향을 틀어 보이지 않는 절벽 쪽으로 들어갔다. 이번에도 조르주 뒤를 이어 오로라가 갔고, 다음은 무르티, 마지막으로 내가 빙판으로 뛰어들었다. 스틱을 옆구리에 끼우고 자세를 잡으니 몸이 처음 속력 그대로 이동했다. 우주에서 중력의 영향을 받지 않고 자유롭게 돌아다녔던 때와 비슷했다. 그때도 한번 힘을 주면 일정한 속력으로 움직였다. 아무런 저항 없이 무슨 발버둥을 쳐도 방향을 바꿀 수 없었다. 우주복의 방향 전환 장치가 없었다면, 그대로 우주의 거대한 암흑 속으로 한없는 운동을 계속했을 것이다.

줄이 팽팽해지자 재빨리 스틱으로 바닥을 찍었다. 자칫하면 뒤로 넘어질 뻔했지만 겨우 균형을 잡았다. 스틱을 찍으며 얼음 밖으로 이동했다. 딱딱한 마찰력이 느껴지는 곳에 도착하니 안심이 되면서 오히려 자유롭다는 생각이 들었다. 내 선택으로 속력을 조절하고, 방향을 틀 수 있는 것이 바로 자유였다.

절벽을 오른쪽에 두고 계속 걷다 보니 점점 물소리가 크게 울렸다. 곧이어 물이 풍부하게 흐르는 개울이 나타났다. 지하에 흐르는 물이라고는 상상하기 힘들 만큼 많은 양이었다.

조르주 이 위로 쭉 올라가면 지하수를 이용한 수력 발전기가 있어.

내가 지하 기지에 대해 알게 되었을 때 가장 궁금했던 점이 전기를 만드는 방법이었다. 전기에너지가 없었다면 오늘처럼 기술 문명이 발전하기는 불가능하다. 전기가 사라지면 문명도 사라진다.

인류 문명에 없어서는 안 되는 전기를 만드는 방법은 패러데이가 맨 처음 발견했다. **전선을 코일 형태로 감고 그 안에 자석을 넣었다 뺐다 하면 코일에 전류가 흐른다**. 이것이 '전자기 유도'다. **전자기 유도란 '자기장'을 변화시켜 전기가 발생하게 하는 것**이다. 즉 '자석의 힘이 미치는 영역'이 변하면 전기가 발생한다.

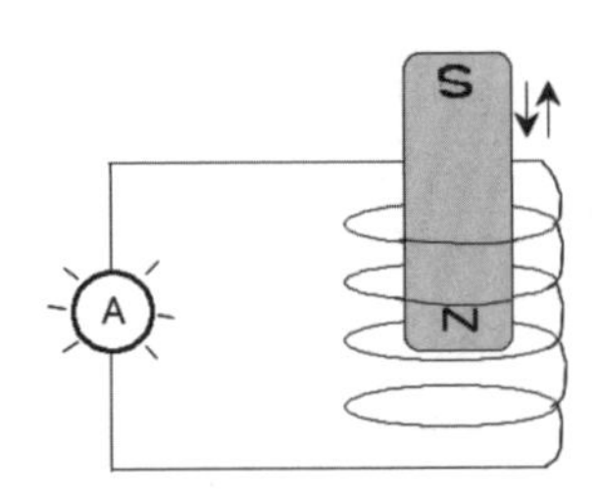

사용하기에 편리하고 안정된 전기를 만들려면 자석이 멈추지 않고 일정하게 움직여야 한다. 멈췄다 움직이기를 반복하거나, 계속 움직이더라도 그 속도가 변하면 전압이 불안정해진다. 그렇게 만든 전기는 제대로 사용할 수가 없다. **자석을 일정한 속도로 계속 움직이게 하는 가장 좋은 방**

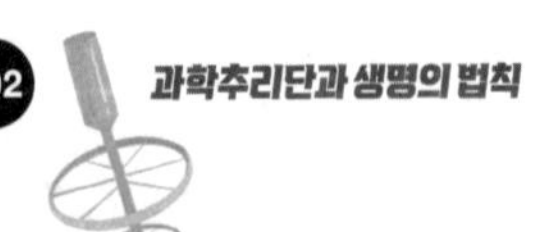

법은 원운동이다. 고정된 원통에 코일을 감고, 원통 중심부에서 회전하는 축에는 자석을 배치해서 같은 속도로 회전시키면 일정한 양의 전기를 계속해서 만들 수 있다.

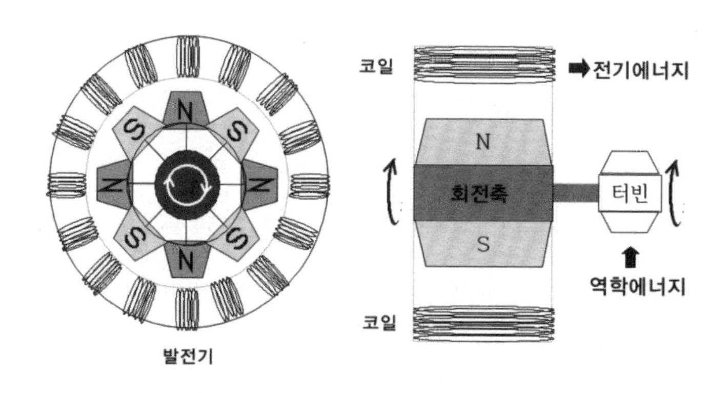

발전소는 수력, 화력, 원자력, 풍력, 조력 발전소 등 그 종류가 다양하다. 그러나 발전소 앞에 붙는 수력, 화력, 풍력 등의 명칭은 달라도 회전을 만들어서 전기를 만드는 원리는 똑같다. 풍력은 바람이 회전력을 만들고, 조력은 조석(밀물과 썰물)의 차이가 회전력을 만들고, 수력은 물이 높은 곳에서 떨어지며 회전력을 만든다. 화력과 원자력은 물을 끓여서 증기를 만들고, 그 증기로 터빈을 돌려 전기를 생산한다. 이러한 발전 방식은 모두 역학에너지를 전기에너지로 전환하는 것이다.

반면 태양광 발전은 역학에너지를 전기에너지로 전환하는 방식과는 다르다. 제2지구의 수많은 기지에서 사용하는 전기는 거의 모두 태양에너지를 전기에너지로 전환하는 태양광 발전을 통해 얻는다. 태양광 발전기에서는 태양전지를 통해 햇빛을 전기로 변환하는데, **태양전지는 특정 금속이 빛을 받으면 전자가 방출되는 광전효과를 이용해 전기를 만든다.**

전기에너지는 수많은 곳에서 사용하지만, 대부분 다른 형태의 에너지로 전환해서 사용한다. 전기에너지를 열에너지로 바꾼 것이 전기난로, 전기밥솥, 토스터, 전기주전자, 전기다리미 등이다. 또 전기에너지를 빛에너지로 바꾼 것이 텔레비전, 모니터, 휴대전화 화면, LED 등이고, 운동에너지로 변환한 것이 선풍기, 세탁기, 진공청소기, 에어컨이다. 그리고 전기에너지를 화학에너지로 바꾸어 저장한 뒤 다시 전기에너지로 변환해 꺼내는 장치가 배터리다. 이처럼 **에너지는 끊임없이 그 형태가 변하지만, 새로 생기거나 소멸되지 않는다. 이것이 에너지보존법칙**이다.

발전소를 폭파할 계획을 세우면서 갈레노와 이니마가 석유 시설을 폭파했을 때 사용한 방법을 먼저 검토했다. 그러나 지형의 특성상 설치도 어렵고, 만약 설치한다고 해도 발견되기 쉬운 공간이었다. 고민 끝에 찾아낸 방법이 바로 배였다.

오로라 자, 이제 준비하자.

오로라가 작은 배를, 무르티는 칼륨 덩이를 가방에서 꺼냈다. 배 위에 칼륨을 싣고 단단히 고정했다. 발전소에서 쏟아지는 물을 맞으면 칼륨은

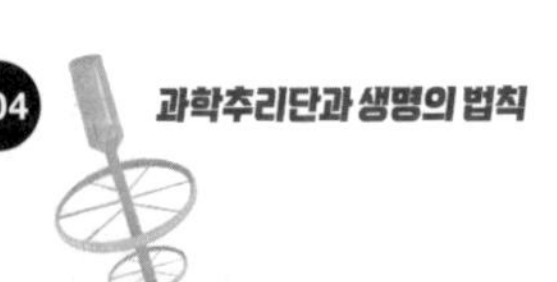

맹렬하게 반응하면서 큰 폭발을 일으킬 것이다.

배 만들기가 단순할 줄 알았는데, 예상보다 까다로웠다. 작은 모형 배로 거센 물살을 안전하게 거슬러 가야 하고, 기지 중심부로 접근하는 이동 시간과도 맞아야 하기 때문이다. 배의 크기가 작고 칼륨은 최대한 많이 실어야 하기에 다른 부품은 최소화해야만 했다. 그렇다고 무조건 줄이기만 하면 배에 필요한 동력이나 안전성을 확보할 수 없게 된다. 적절한 시기에 터트리려면 소형 카메라와 원격 조정장치도 필요했다.

각종 설비의 무게, 버텨야 할 시간, 물이 흐르는 속력, 이동해야 할 거리 등을 감안하여 필요한 에너지를 계산했다. **에너지는 일을 할 수 있는 능력으로, 단위는 J(줄)**이다. **일(W)은 '힘(F)'에 '힘의 방향으로 이동한 거리(S)'를 곱한 값**이다[27]. 일의 단위도 에너지의 단위와 마찬가지로 J(줄)이다. **1J은 1N의 힘으로 1m만큼 이동한 경우에 한 일**이라고 정의한다.

에너지를 계산하는 이유는 배터리 용량과 모터 때문이다. 배터리와 모터를 무작정 키우면 간단하지만 그러면 칼륨을 많이 실을 수 없다. 배를 키우면 좋겠지만 당장 에덴 16기지에서 구할 수 있는 배는 그리 크지 않았다. 계산에 계산을 거듭한 끝에 부족하지도 넘치지도 않는 선에서 배터리와 모터를 장착했다. 어느 정도 오차를 고려해 모터와 배터리를 장착

---

27 **일(W=F·S)이 성립하는 조건**

- 물체에 힘을 가해야 한다.
- 힘을 가한 방향으로 물체가 움직여야 한다. 힘을 가한 방향과 다르게 움직이면 일이 아니다.
- 힘이 작용한 방향으로 물체가 이동해야 한다. 이동하지 않으면 일을 한 게 아니다.

했지만, 뜻하는 대로 될지는 장담할 수 없었다. 부디 계산이 크게 엇나가지 않기를 바랐다. 이럴 때 에이다가 멈췄다는 게 참 아쉬웠다.

배를 띄운 뒤 조종기는 오로라가 맡았다. 오로라는 배의 카메라가 전송하는 화면과 물의 흐름, 발전기까지 거리를 살피며 적당한 속도를 유지했다. 무르티가 오로라 옆에 바짝 붙어서 오로라가 안전하게 걷도록 도왔다. 지하 기지가 점점 가까워지면서 긴장감이 올라갔다. 드디어 거대한 지하 공간이 나타났는데, 수직으로 3.5m 높이의 암벽이 있었다. 암벽은 마치 얼음처럼 매끈한 데다 우리 쪽으로 심하게 기울어져서 도구가 없으면 올라가기 어려웠다. 그래서 찾아낸 방법이 바로 트램펄린이었다.

오로라 배가 발전기에 가까워졌어. 서둘러.

조르주가 가방에서 트램펄린을 만드는 데 필요한 재료들을 꺼냈다. 트램펄린은 스프링의 반동을 통해 높게 뛸 수 있도록 도와주는 도구다. 우리는 익숙한 손놀림으로 트램펄린을 만들어 설치하고 적당한 위치에 놓았다. 셋이 합을 맞춰 뛰는 연습을 해봤기 때문에 곧바로 뛸 준비를 했다. 트램펄린에서 최대 높이를 뛰려면 혼자서는 안 된다. 셋이 힘을 합쳐야 한다.

트램펄린은 탄성력을 이용해 운동에너지를 얻고, 곧바로 그것을 위치에너지로 전환하여 높이 뛰어오르게 만든다. **운동에너지는 운동하는 물**

체가 가지는 에너지로, 운동에너지의 크기는 $E_k = \frac{1}{2}mv^2$이다.[28] **위치에너지는 높은 곳에 있는 물체가 가지는 에너지로, 크기는 E_p=mgh**이다. 왜냐하면 위치에너지란 지상에 있는 물체를 위로 들어 올리면서 한 일과 마찬가지이기 때문이다. 중력에 대해 한 일이 바로 중력에 의한 위치에너지라고 할 수 있다.

---

28 운동에너지 공식 유도

- 등가속도운동의 그래프

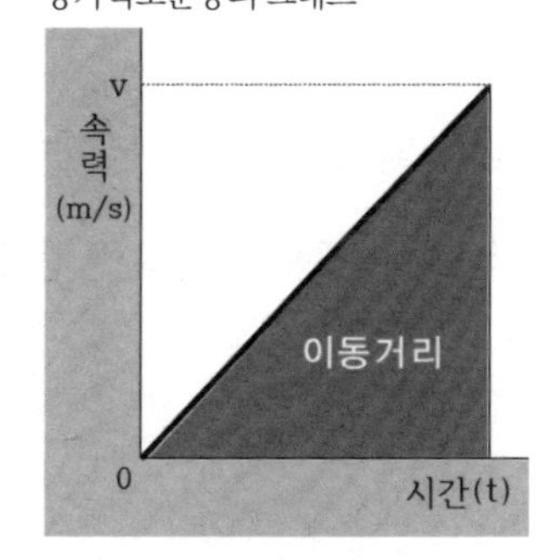

- 등가속도운동에서 이동거리(S) = 삼각형의 넓이 ⇨ $S = \frac{(v \times t)}{2}$
- 힘(F) = 질량(m)×가속도(a) ⇨ $F = m \cdot a$
- 일(W) = 힘(F)×이동거리(S) ⇨ $W = m \cdot a \times S$
- $W = F \cdot S = m \cdot a \cdot \frac{(v \times t)}{2}$

$= \frac{1}{2} m \cdot a \times V \cdot t$

$= \frac{1}{2} m \cdot a \times a \cdot t \times t$ (속력 = 가속도×시간, $V = a \cdot t$)

$= \frac{1}{2} m \times (a \cdot t)^2$ ($V = a \cdot t$)

$= \frac{1}{2} mv^2$

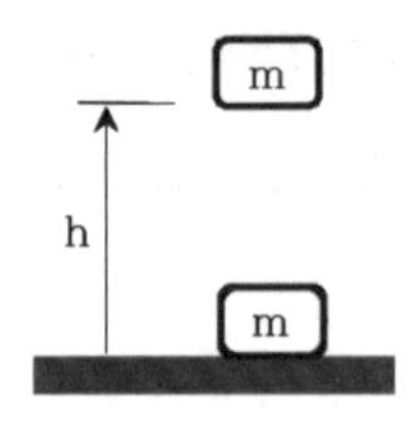

· 중력에 대해 한 일(W) = 무게×이동거리(높이h)

· 무게 = 질량(m)×중력가속도(g)

∴ 위치에너지 = 질량(m)×중력가속도(g)×높이(h) = mgh

(중력가속도 = $9.8m/s^2$)

중력을 받아 운동하는 물체는 위치에너지와 운동에너지가 서로 전환된다. **공기 저항이나 마찰이 없으면 위치에너지와 운동에너지의 합인 역학적 에너지는 일정하게 보존**된다.

∴ 역학적 에너지 = 위치에너지 + 운동에너지 = $mgh + \frac{1}{2}mv^2$

트램펄린은 탄성력을 역학에너지로 전환하는 도구다. 탄성력이 새로운 에너지를 만들어서 사람에게 공급하면 역학에너지가 증가한다. 만약에 세 사람이 트램펄린에서 뛰면서 역학에너지를 만든 다음 한 사람에게 몰아주면 혼자 뛸 때보다 훨씬 높이 올라가게 된다.

방법은 간단하다. 나와 무르티가 같이 뛰고 조르주가 약간의 시차를

두고 뒤에 뛰면 나와 무르티가 만든 역학에너지가 조르주에게 거의 다 전해지면서 조르주는 강한 역학에너지를 얻는다. 출발 지점에서는 모든 역학에너지가 운동에너지이므로, 조르주는 빠른 속도로 위로 치솟게 된다. 높이가 증가하면서 운동에너지는 위치에너지로 전환되고, 운동에너지가 0이 되면 조르주의 몸은 최고점에 이른다.

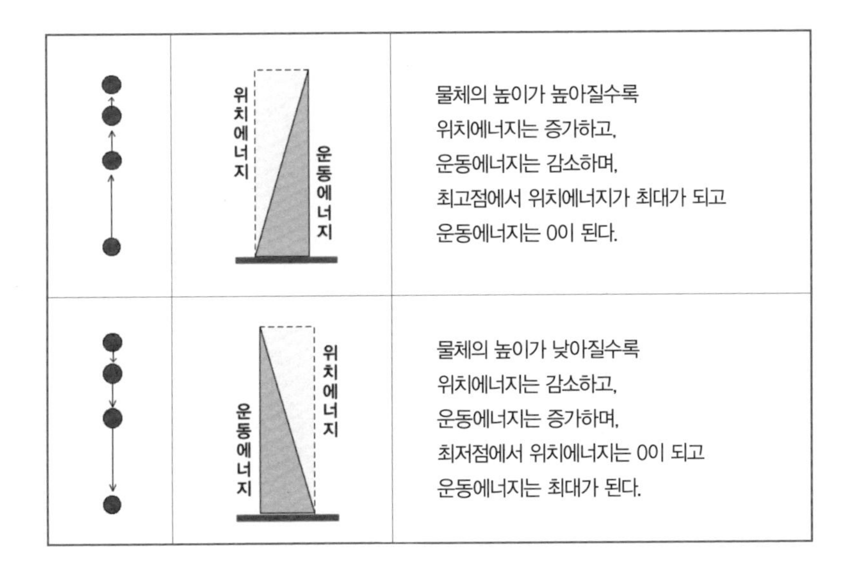

셋이 함께 만든 역학에너지는 강했고, 조르주는 가뿐하게 3.5m 위의 암벽으로 올라섰다. 위로 올라선 조르주가 끈을 단단히 고정한 다음 매듭을 지어 끈을 아래로 내려주었다. 내가 먼저 끈을 잡고 위로 올라갔다. 암벽 위에는 클론을 생산하기 위한 대규모 설비가 갖춰져 있었다.

13기지에서 가져온 3개의 인공 자궁은 복제를 준비하는 중이었다. 인공 자궁에서 만들어진 태아를 빠른 속도로 키워내는 고속 양육기도 수십 대 있었다. 조르주가 인공 자궁 장치와 고속 양육기가 들어 있는 유리관을 만져보더니 고개를 저었다.

조르주 이거 웬만한 충격에는 꿈쩍도 안할 만큼 단단해.

인공 자궁 장치와 고속 양육기는 모두 단단한 유리와 철제구조물로 보호되고 있었다. 내 뒤에 올라온 무르티는 눈앞의 광경을 보고 신음을 흘렸다. 오로라는 트램펄린을 치우고, 배를 빠르게 전진시키는 단추를 누른 다음, 조정기를 멀리 버리고는 밧줄을 잡고 위로 올라왔다.

무르티 이거 깨뜨리기가 쉽지 않아!

아이작 굳이 깨뜨릴 필요 없어. 전원이 끊기면 끝장날 테니까.

조르주 안쪽에 배터리가 장착되어 있어. 배터리를 분리하려면 보호막을 제거해야 돼.

나는 인공 자궁을 자세히 살피다 귀퉁이에 작은 글씨로 소비전력을 적어놓은 글씨를 발견했다. **소비전력은 전기 기구가 1초 동안 소비하는 전기에너지의 양**으로, **단위는 W(와트), kW(킬로와트. 1,000W=1kW)**를 쓴다. **1W**

는 1초 동안 1J의 전기에너지를 쓸 때의 소비전력이다.

$$소비전력(W) = \frac{사용한\ 전기에너지(J)}{시간(s,\ 초)}$$

전력량은 전기 기구가 어느 시간 동안 사용한 전기에너지의 양으로, **단위는 Wh**(와트시), **kWh**(킬로와트시)를 쓴다. **1Wh는 1W의 전략을 1시간 동안 사용했을 때의 전력량**이다.

$$전력량(Wh) = 소비전력(W) \times 시간(h)$$

나는 배터리의 용량도 확인했다. 작은 글씨지만 용량을 확인하는 건 어렵지 않았다. 배터리 용량과 전력량을 바탕으로 전원이 끊어지면 어느 정도까지 배터리로 버틸지 계산해 보니 대략 24시간이었다. 발전소를 망가뜨리고, 배터리 공급이 제때 이루어지지 않게 막으면 이 인공 자궁은 24시간 뒤에는 모두 망가진다.

아이작 배터리 용량에 비해 전력량이 많아. 아무래도 아직 효율성이 높은 인공 자궁은 만들지 못한 모양이야. 발전기를 폭파하고 배터리를 제때 공급하지 않으면 모두 망가질 거야.

내 말이 끝나자마자 곧바로 폭발음이 울렸다. 처음에는 미약했지만 뒤이어 지하 시설이 시끄럽게 울릴 만큼 굉음이 울렸다. 인공 자궁을 밝히는 빛은 그대로였지만 나머지 조명은 거의 다 꺼졌다. 일부 비상용 LED만 남아서 주변을 어렴풋이 구분하게 해주었다.

안쪽에서 시끄러운 소란이 일었다. 우리는 몸을 숨기고 그쪽을 살폈다. 이수스가 제우스의 아이들을 데리고 나타났다. 아조크, 라우라, 주디스는 보이지 않았다. 이수스가 지시를 하자 나머지 단원들이 일사불란하게 움직였다. 다섯 명은 이것저것 챙기더니 발전소 쪽으로 가고, 두 명은 우리가 숨어 있는 쪽으로 왔으며, 이수스는 왔던 곳으로 사라졌다.

우리는 두 사람을 조심스럽게 피한 다음 그들이 나왔던 방으로 얼른 들어갔다. 제법 큰 방이었는데 한쪽의 침대에 주삿바늘을 잔뜩 꽂은 미다스가 정신을 잃고 누워 있었다. 상태를 살피고 주삿바늘을 빼냈다. 불러도 정신을 차리지 못하는 미다스를 무르티가 업고, 내가 뒤에서 부축해서 반대편 방문을 열고 통로로 나왔다. 10m쯤 통로를 지나자 갖가지 생활용품과 기계들이 널린 공간이 펼쳐졌다. 구석에는 간이 칸막이로 만들어놓은 방이 있었다. 한쪽 벽에 두 개의 문이 보였는데 철문에는 '기지', 나무 문에는 '발사시설'이란 표지가 붙어 있었다.

아마도 발사시설에는 웜홀을 향해 비행할 발사체가 있을 것이다. 발사체가 웜홀로 가면 제우스 일당이 이곳으로 넘어오게 된다. 우리는 서둘러 2개의 문이 있는 곳으로 갔다. 제우스의 아이들이 언제 다시 올지 모

르니, 정신을 잃은 미다스를 그대로 두고 작전을 계속할 수는 없었다. 16 기지로 가는 철문을 열었다. 긴 통로가 나왔는데 바닥에 레일이 깔려 있고, 배터리로 작동하는 작은 수레도 있었다. 거기에 미다스를 태웠다.

아이작 무르티, 미다스를 부탁할게.

무르티 걱정 마.

무르티는 곧바로 수레를 몰고 나갔다. 기지로 가는 문을 닫고 발사기지로 가는 문을 열었다. 조르주가 들어가고 나도 막 들어가려는데, 통로에서 제우스의 아이들이 괴성을 지르며 뛰어나왔다.

오로라 너희는 위로 가. 저놈들은 내가 막을 테니까.

오로라는 주변 물건으로 엄폐물을 만들고 나서 화살을 시위에 메겼는데, 화살촉이 동물을 포획할 때 쓰는 마취용이었다. 이 작전을 준비하면서 오로라는 자신이 이제까지 들고 다니던 화살촉을 동물 마취용으로 교체했는데, 기존 화살촉은 자칫 사람의 목숨을 빼앗을 수도 있기 때문이다. 곧바로 공격할 듯하던 그들은 소리만 지를 뿐 더는 다가들지 못했다. 그들은 주디스와 아조크를 통해 오로라가 얼마나 활을 잘 쏘는지 듣고, 겁을 집어먹은 게 분명했다. 오로라라면 쉽게 당하지 않을 것이다. 여차하면 철문 쪽으로 도망갈 수도 있다.

나와 조르주는 계단을 타고 위로 올라갔다. 문을 열고 나가니 나무와 끈으로 엮은 출렁다리가 나왔고, 그 너머로는 철제 보호막으로 둘러싸인 우주발사체가 우뚝 서 있었다. 조금 떨어진 곳에는 주디스가 의자에 앉아 컴퓨터를 부지런히 만지고, 그 뒤에는 이수스가 서서 이것저것 지시했으며, 아조크는 방패로 그들을 보호했다. 출렁다리 앞에는 라우라가 긴 칼과 방패를 든 채 우리를 노려보며 서 있었다. 저들이 방패를 든 이유는 바로 오로라 때문이었다.

라우라 야, 조르주! 너 배신한 거냐?

조르주 네가 하려는 일은 옳지 않아. 난 단 한 번도 네가 하려는 그 일에 동의한 적 없어.

라우라 피를 나눈 나를 버리면 배신이지. 그게 배신이 아니면 뭔데?

조르주 이제 그만해. 제우스의 어른들이 여기로 넘어오면 여긴 엉망이 될 거야.

라우라 우리에겐 어른이 필요해. 우리들만 여기로 보낸 건 미친 짓이었어.

조르주 클론과 유전자조작 식물부터 만들라고 지시하는 그 어른들을 믿으라고? 그런 못된 짓을 꾸미는 어른들이 우리가 잘 사는 데 도움이 될까?

라우라 입 닥쳐! 이 배신자!

그때 이수스가 손으로 바닥을 두드렸다. 힐끗 뒤를 돌아본 라우라는 칼로 출렁다리를 잘라버리고는 비릿하게 웃으며 뒤로 조금씩 물러났다. 출렁다리가 없으면 발사시설이 있는 곳으로 넘어갈 방법이 없었다. 이수스가 다시 손으로 바닥을 두드리자 주디스가 컴퓨터 옆에 달린 붉은 단추를 눌렀다. 발사체를 감싼 철제 보호막에 600이란 숫자가 들어왔다. 그 숫자는 1초에 하나씩 줄어들었다. 발사 카운트다운이었다. 10초 간격으로 발사체의 보호막이 하나씩 벗겨졌다. 10분이 지나면 발사체는 웜홀을 향해 날아간다. 라우라와 아조크는 나란히 서서 우리를 지켜보았고, 이수스는 주디스를 부축하면서 보이지 않는 곳으로 사라졌다. 숫자는 계속 줄어드는데, 넘어갈 방법이 없으니 막막했다.

조르주 저들의 시선을 끌어.

아이작 뭘 하려고?

조르주 나만 믿고 그렇게 해.

말로는 저들을 어떻게 할 수가 없다. 어떻게 하면 나를 잠깐이라도 주목하게 할까? 나는 가방을 열었다. 혹시 몰라 챙겨놓은 고춧가루 탄을 꺼냈다. 다른 데를 보는 척하다가 고춧가루 탄을 있는 힘껏 집어던졌다.

머리 위에서 고춧가루 탄이 터지고 작은 폭음이 일자 그들은 깜짝 놀라며 방패 뒤로 머리를 숙였다. 콜록거리는 기침 소리가 들렸다.

나는 일부러 조르주와 멀어지는 쪽으로 이동했다. 그들이 방패 위로 얼굴을 내밀자 나는 다시 고춧가루 탄을 던지는 시늉을 했다. 흠칫하며 그들은 방패 뒤로 숨었다. 나는 다시 고춧가루 탄을 던졌다. 고춧가루 탄이 터지자 그들은 방패로 몸을 가린 채 뒤로 물러났다. 바로 그때, 조르주가 위쪽을 가로지르는 철제빔에 밧줄을 걸고 있는 힘껏 뛰더니, 시계추처럼 반대편으로 넘어갔다.

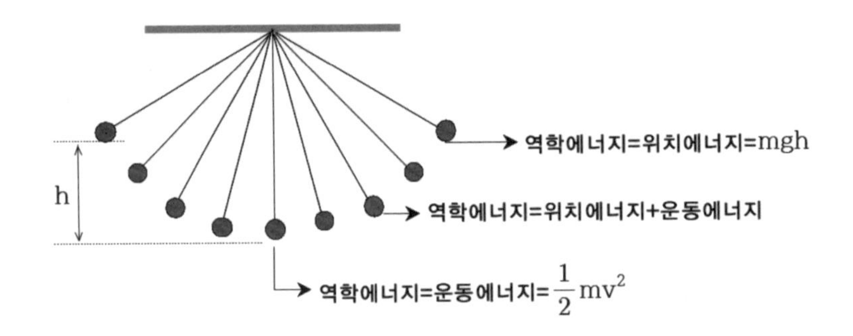

조르주는 날아간 힘을 이용해 두 발로 그들의 방패를 걷어찼다. 아조크는 넘어지면서 방패를 놓쳤고, 라우라는 비틀거리며 뒤로 물러섰다. 조르주는 아조크가 놓친 방패를 집어 들더니 칼을 든 라우라의 팔을 찍어 버렸다. 칼을 놓치면서 라우라는 괴성을 질렀다. 라우라가 놓친 칼을 집어 든 조르주는 붕대를 감지 않은 아조크의 팔을 방패로 내리찍었다. 아

조크는 고통스러운 신음을 흘리며 바닥으로 나뒹굴었다. 조르주는 칼로 라우라의 목을 겨누면서 허리춤에 찬 끈으로 라우라를 꽁꽁 묶었다. 곧 아조크도 같은 신세가 되었다. 놀라운 솜씨였다.

조르주 이쪽으로 넘어올 수 있어?

아이작 줄을 이쪽으로 넘겨주면….

조르주는 철제빔에 걸려서 흔들거리는 줄을 주변에 놓인 장대를 이용해 잡아채더니, 밧줄 끝에 방패를 묶어서 힘껏 내 쪽으로 밀었다. 시계추처럼 넘어오는 밧줄을 잡은 다음, 나도 조르주와 같은 방법으로 절벽을 건넜다.

아이작 너, 대단하다!

조르주 제1지구인들이 만든 영화 중에 《타잔》이라고 있어. 그 타잔이 밧줄을 이용해 이렇게 건너는 걸 본 적이 있어서, 그대로 따라 해봤어.

둘을 제압했지만 끝이 아니었다. 나는 줄어드는 숫자를 확인했다. 앞자리가 벌써 3으로 바뀌어 있었다. 컴퓨터 앞으로 갔다. 옆에 설치된 붉은 단추를 눌렀지만 아무런 반응이 없었다. 컴퓨터 모니터는 검은색이었다. 되돌릴 수 없는 상황이었다. 숫자가 들어오는 보호막을 빼고는 모두 벗겨졌다. 발사체에 연결된 여러 장치들이 보였다. 숫자가 줄어들 때마다 그 장치들도 하나씩 제거되었다.

막을 방법이 없을까? 방법이… 생각하자! 생각해야 한다!

이수스는 이 발사를 지금 하려고 계획했을까? 우리의 작전 시간과 발사 시간이 우연히 딱 맞아떨어졌을까? 그렇지 않다. 이수스가 부하들에게 지시하고 사라진 다음 급하게 추진한 것이다. 전원이 끊겼으므로 발사 준비에 필요한 전기는 임시 발전기를 돌려서 공급할 것이다. 임시 발전기를 멈추면 전기가 끊기고, 발사는 더 이상 진행되지 못한다.

아이작 임시 발전기를 찾아. 그걸 꺼야 돼.

조르주 전기를 차단하자는 말이구나.

서둘러 주변을 뒤졌다. 발전기 소리가 들려 그쪽으로 향했지만 몇 걸음 못 가 멈췄다. 이수스가 긴 칼을 들고 발전기 앞을 가로막고 있었다.

아이작 네가 이니마를 죽인 걸 알아.

이수스 그럼 너희 둘을 죽일 것도 알겠네.

아이작 이건 미친 짓이야.

이수스 말로 서로를 설득할 처지는 아닐 텐데.

이수스는 칼을 휘두르며 나에게 달려들었다. 조르주가 방패로 이수스를 막았다.

조르주 내가 막을 테니까, 넌 발전기를 꺼.

이수스 헛수고.

이수스는 힘이 엄청났다. 방패로 칼을 막았지만 조르주가 휘청댈 정도로 충격이 강했다. 조르주가 아무리 신체 능력이 뛰어나다 해도 힘으로는 이수스의 상대가 되지 않았다. 하지만 불리한 상황에서도 조르주는 효과적으로 버텨냈고, 금방 제압되지 않자 이수스는 무리하게 공격했다.

그 바람에 작은 틈이 벌어졌고, 나는 그 틈새로 빠져나갔다. 이수스는 나를 낚아채려 했지만, 조르주 때문에 실패했다. 나는 발전기를 향해 뛰어갔다. 어느새 주디스가 발전기 앞에서 칼을 든 채 서 있었다. 다친 다리는 문제 되지 않는 것 같았다. 나는 맨손이고, 주디스는 칼을 들었다. 그대로 붙으면 진다. 나는 가방을 뒤져 고춧가루 탄을 손에 집었다. 그리고 최대한 접근해 주디스의 얼굴 앞에서 터트렸다. 주디스는 괴로워하며 바닥에 쓰러졌고, 나는 곧바로 발전기의 전원을 내리고 주디스의 칼을 빼앗아 주변의 전선을 내리쳤다.

이수스 안 돼! 이것들이….

이수스가 맹렬하게 칼을 휘둘렀다. 조르주가 넘어지자 이수스는 칼로 내리쳤다. 조르주는 방패를 놓치고 옆으로 굴렀다. 다시 이수스의 칼이 조르주를 내리쳤고, 아슬아슬하게 다리를 스치고 지나갔다. 다리에서 피가 뿜어져 나왔다. 이수스는 다시 조르주를 노렸다. 이번에는 몸이었다. 그때 내 눈에 이수스의 등이 보였다. 나는 있는 힘껏 달려가 칼을 휘둘렀지만 이수스는 곧바로 칼을 휘둘러 내 칼을 쳐냈고, 칼은 내 손을 벗어나 멀리 날아갔다.

그 사이, 쓰러져 있던 조르주가 일어나 이수스의 다리를 칼로 베었다. 이수스는 피를 흘리며 무릎을 꿇었다. 비틀거리며 일어나려던 조르주도 균형을 잃었다. 더는 싸울 수 있는 상태가 아니었다. 나는 얼른 조르주를 부축해 화물 통로로 뛰었다. 화물 통로에는 레일이 깔려 있고, 작은 수레도 묶여 있었다. 조르주를 수레에 앉히고, 연결고리를 제거했다.

그때 이수스가 이를 악물고 달려왔다. 마치 악마 같은 얼굴이었다. 나는 있는 힘껏 수레를 밀면서 올라탔다. 이수스의 시퍼런 칼날이 번뜩이며 내려오던 순간, 그가 갑자기 휘청댔다. 수레는 그대로 출발했고, 검은 동굴 속으로 빨려 들어갔다. 수레는 레일을 타고 아래로 급격하게 내려가더니 다시 위로 올라갔다.

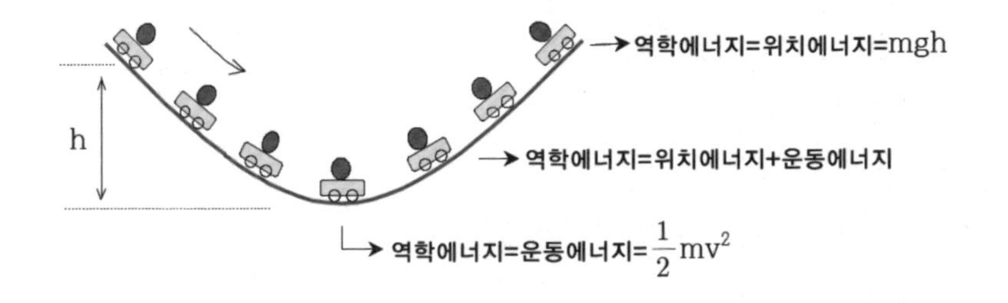

운동에너지가 거의 사라질 때쯤 '찰칵' 소리가 나며 수레가 멈췄다. 넓은 공터였는데 여러 물품이 잔뜩 쌓여 있었다. 서둘러 조르주를 내리게 하고 나가보니, 16기지였다. 이수스가 추격해 올 수 있기 때문에 문에 방해물을 쌓아두고는 조르주를 부축해 계속 도망쳤다. 그때 허리춤에 찬 통신기가 울렸다. 오로라였다.

오로라 어디야? 괜찮아?

아이작 넌 어딘데?

오로라 여기, 발사체가 보이는 곳.

아이작 어떻게 된 거야?

오로라 일곱 명을 쓰러뜨리고 올라오니 이수스가 너를 향해 칼을 휘두르길래 급하게 쐈어. 그런데 쏘고 나서 보니, 혹시 몰라서 남겨뒀던 사냥용 화살이더라고. 등에 제대로 맞았는데, 죽었는지 살았는지 모르겠어.

6

창백한 푸른 점과
에덴의 아침

헤르메스호는 제2지구의 푸른빛과 그 위성인 달의 은은한 빛을 받으며 웜홀을 향해 날아갔다. 헤르메스호에는 나와 오로라, 로잘린과 미다스뿐 아니라 조르주도 타고 있었다. 조르주는 시간만 나면 뒤따라오는 수송선을 바라보며 울적한 감정을 떨치지 못했다. 수송선에는 조르주의 쌍둥이 오빠인 라우라를 비롯해, 이번 사건에 가담한 제우스의 아이들 17명이 타고 있었다. 오로라의 화살에 맞은 이수스는 목숨을 잃을 뻔했으나 다시 깨어난 에이다의 치료를 받고 살아났다.

우리는 그들을 모두 웜홀을 통해 제1지구로 돌려보내기로 결정했다. 나머지 기지에도 제우스의 아이들이 몇 명 더 있었으나, 이번 사건에 직접 가담하지 않았기에 강제로 돌려보내진 않고 스스로 선택할 기회를 주었다. 그들은 모두 남기로 결정했다.

가는 길이 어긋나버렸지만 그래도 라우라는 조르주의 쌍둥이 오빠다. 별의 아이들 안에 같은 유전자를 공유한 쌍둥이 오빠가 있다는 사실은 조르주에게 큰 힘이 되었다. 오빠가 하는 일에 동의하지 않았지만, 혈육의 정에 끌려 그들에게 가담했다. 라우라를 웜홀로 보내고 나면 조르주는 다시는 쌍둥이 오빠를 만나지 못한다. 영원한 이별이다. 나도 가끔 나에게 유전자를 건네준 분들을 만나보고 싶은 마음이 든다. 이룰 수 없는 그리움이기에 생각조차 하지 않으려 애쓰지만 자연스럽게 찾아오는 그런 감정을 완전히 막기는 힘들다.

로잘린은 틈만 나면 조르주 옆에서 그 괴로움에 공감하며 따뜻한 위로를 건넸다. 오로라와 미다스는 그동안의 모험담을 조용히 나누며 다가올 변화에 대해 심각한 토론을 벌였다. 미다스는 인류의 운명이나 선택과 같은 문제에 질색하던 예전과는 달리 진지하게 토론에 임했다. 나는 검은 하늘에 노란색으로 빛나는 한 점을 바라보며 묘한 상념에 빠져들었다. 그 점은 바로 제1지구가 공전하는 태양이었다.

나는 우주에서 태어나 별을 보며 성장한 별의 아이다. 무수히 많은 별들이 각각 나와 얼마나 떨어진 곳에 있는지는 수많은 궁금증 가운데 하나였다. 별과 나의 거리를 알고 싶은 내게 에이다가 처음 알려준 거리 측정 방법이 바로 '연주시차'를 이용한 거리 측정이었다.

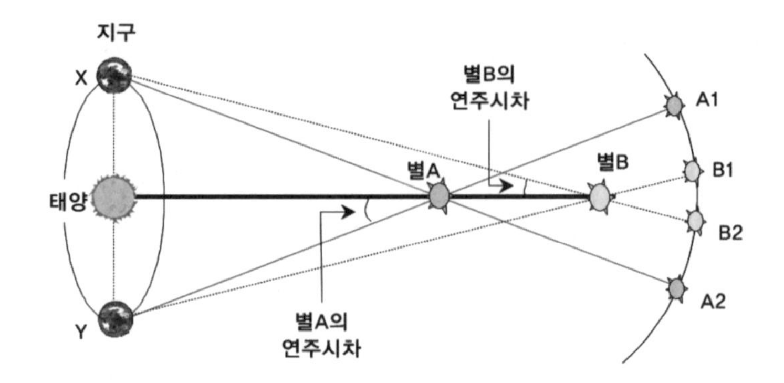

태양을 중심으로 공전하는 지구가 X 위치에 있으면 별 A는 A2에 있는 것으로 보이고, 지구가 Y위치에 있으면 별 A는 A1에 있는 것으로 보인다. 이처럼 **지구에서 별을 6개월 간격으로 측정한 시차의 1/2을 연주시차**라고 하고, **단위는 ″(초)**[29]를 쓴다. 별 A의 연주시차와 별 B의 연주시차를 비교해 보면 별 A의 연주시차가 더 크다. 이처럼 **지구에서 가까운 별이 연주시차가 더 크고, 멀수록 연주시차가 더 작다**. 별의 거리가 연주시차에 반비례하는 원리를 이용하면 별의 상대적인 거리를 알 수 있다.

$$\text{별의 거리(pc)} = \frac{1}{\text{연주시차(″)}}$$

연주시차가 1″인 별까지의 거리를 1pc(파섹)이라고 한다. **1pc은 빛이 3.26년 움직이는 거리, 즉 3.26광년**이다. 거리가 아주 먼 별들은 연주시

29 각도단위
1도 = 60분 = 3,600초

차가 너무 작아서 측정이 어렵고, 100pc(326광년) 이내에 있는 별들만 연주시차로 거리를 구할 수 있다.

제2지구와 제1지구는 무려 1만 광년이나 떨어져 있다. 빛으로 1만 년을 움직여야 하는 엄청난 거리다. 그래서 연주시차로는 거리 측정이 불가능하다. 지금 내가 헤르메스호 창을 통해 보는 저 노란 점은 1만 년 전 태양에서 출발한 빛이다. 망원경으로 관찰하면 1만 년 전에 태양을 돌던 지구의 흔적을 발견할 것이다. 그때의 인류는 그 작은 빛을 받으며 채집과 사냥을 하고, 돌을 갈아 도구를 만들었으며, 어떤 이들은 농사를 지었다. 저 빛으로 생명을 유지하던 인류 중, 지금과 같은 미래를 상상한 이는 아무도 없었을 것이다. 1만 년 전에 지구를 밝히던 빛을 바라보고 있으니 심장이 묘하게 울렁거렸다.

1990년 2월 14일, 외우주 탐사선 보이저1호는 지구에서 61억㎞ 떨어진 우주에서 지구를 찍었다. 지구는 아주 작은 점이었다. 칼 세이건은 **지구를 '거대한 우주의 암흑 속에 떠 있는 외롭고 창백한 푸른 점(Pale Blue Dot)'**이라고 불렀다. 그런데 1만 광년 떨어진 곳에서 보면 지구는 점도 아니다. 지구의 모든 생명에게 절대적인 영향을 끼치는 태양조차 이곳에서 보면 하나의 점이다.

광원이 2배, 3배 멀어지면 빛이 비치는 면적은 2^2, 3^2으로 넓어진다. 따라서 같은 면적이 받는 빛의 양은 $\frac{1}{2^2}$, $\frac{1}{3^2}$으로 줄어든다. 별도 하나의 광원이므로, 지구에서 별이 2배, 3배 멀어지면 별의 밝기는 $\frac{1}{2^2}$, $\frac{1}{3^2}$로 줄어든다.

$$\text{별의 밝기} \propto \frac{1}{(\text{별과 지구와의 거리})^2}$$

고대 그리스의 과학자(고대 그리스에는 대단한 과학자들이 참 많았다) **히파르코스**는 **눈으로 관측한 별의 밝기를 6가지 등급으로 구분했는데, 가장 밝은 빛을 1등급, 가장 어두운 빛을 6등급으로 정했다**. 현대에 와서는 1등급보다 밝은 별과 6등급보다 어두운 별도 발견했다.

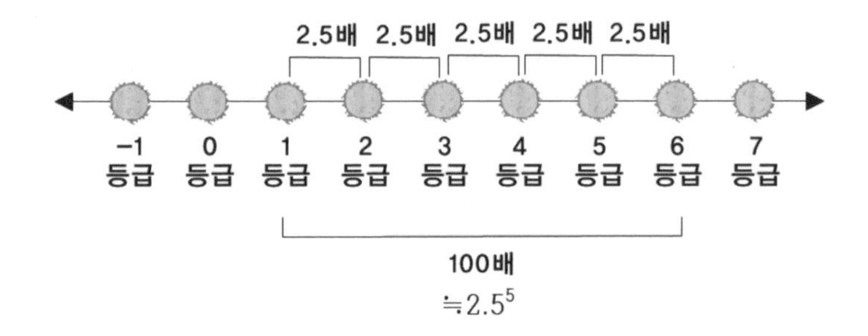

등급의 숫자가 낮을수록 밝은 별이며 **1등급 간격마다 밝기는 약2.5배 차이**가 나고, **5등급 간격이면 밝기가 약 100배 차이**가 난다.

별의 밝기 등급에는 겉보기 등급과 절대등급이 있다. **겉보기 등급은 우리 눈에 보이는 별의 밝기 등급**이고, **절대등급은 별이 10pc 거리(32.6광년) 에 있다고 가정했을 때 별의 밝기 등급**이다. 겉보기 등급이 밝을수록 우리 눈에는 밝게 보이지만, 겉보기 등급으로는 실제 별의 밝기를 알 수가 없

다. **절대등급은 별과 지구 사이의 거리를 10pc으로 일정하게 두고 밝기를 비교하므로, 절대등급을 보면 별의 실제 밝기를 비교할 수 있다.**

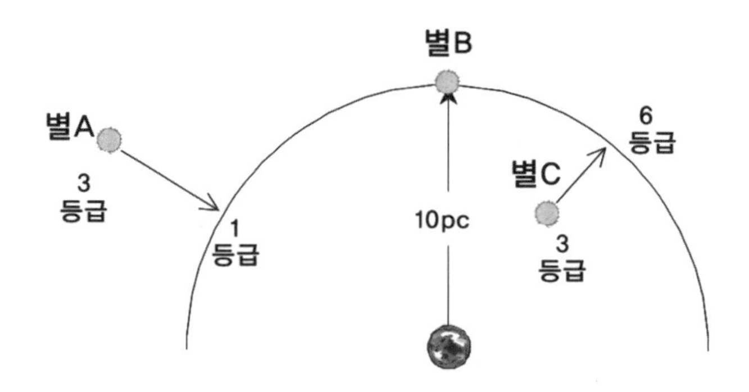

· 별 A : 10pc으로 옮기면 지구와 가까워지므로 더 밝게 보인다.
  밝을수록 등급이 낮아지므로 '절대등급 < 겉보기등급'이다.

· 별 B : 절대등급과 겉보기등급이 같다.

· 별 C : 10pc으로 옮기면 지구에서 더 멀어지므로 더 어둡게 보인다.
  어두울수록 등급이 올라가므로 '절대등급 > 겉보기등급'이다.

물체는 온도에 따라 색이 달라지고, 별도 표면온도에 따라 다른 빛을 나타낸다. **표면온도가 낮은 별일수록 붉은색**을 띠고, **표면온도가 높을수록 파란색**을 띤다. **태양은 표면온도가 약 6,000℃이므로 노란색**으로 빛난다.

붉은색	주황색	노란색	황백색	백색	청백색	파란색
3,000℃	4,000℃	6,000℃	7,000℃	1만 ℃	2만 ℃	3만 ℃

내가 보는 저 노란 점이 바로 태양이다. 1만 년 전에 타오르던 태양이다. 우리 조상들의 생명을 지켜주던 **절대등급 4.83**의 태양이다. 절대등급 4.83은 태양이 우주에서는 그다지 밝은 별이 아니라는 걸 드러낸다.

칼 세이건은 **『창백한 푸른 점』**이란 책에서 그 작은 점 위에서 벌어진 증오의 만행, 인간이 특별하다는 자만이 얼마나 보잘것없는지 지적하고, 우리가 서로를 더 배려하고, 창백한 푸른 점을 더 아끼고 보전해야 한다며 인간의 책임을 강조했다. 아마도 칼 세이건이 나와 같이 1만 광년 떨어진 곳에서 작고 초라하게 반짝이는 **노란 점**을 본다면 더욱 강하게 겸손과 책임을 강조할 것이다. 칼 세이건을 비롯해 수많은 사람들이 인류에게 미래를 경고했다. 창백한 푸른 점을 망가뜨리면 안 된다고 울부짖었다. 그러나 대다수의 인간들은 그 경고를 듣고도 무책임한 짓을 거듭했다. 그리고 그 결과는 희망마저 무너뜨려 버린 파멸이었다.

나는 어떨까? 우리는 어떨까? 새로운 푸른 점으로 건너온 별의 아이들인 우리는, 선배들과는 다른 미래를 맞이할 수 있을까? 다른 길을 가겠다고 결심했지만, 아직 확신이 서지 않는다. 결심은 확고하나 결과는 끝없는 우주처럼 깜깜하다.

"이제 선택해야 합니다."

다시 깨어난 에이다가 나에게 건넨 첫 마디였다. 목소리는 어느 때보

다 따뜻했지만 요구사항은 어느 때보다 냉혹했다.

에이다 오래전부터 준비된 질문입니다. 과거의 실수와 단절하고 새롭게 시작하는 선택을 하겠습니까?

아이작 너의 질문이야?

에이다 아닙니다. 에덴의 아침 위원회의 핵심 인물들이 모여 최초로 프로젝트를 계획하며 준비한 질문입니다.

아이작 어떤 선택을 해야 하지?

에이다 아이작은 그 선택이 무엇인지 이미 알고 있습니다.

당연히 나는 알고 있었다. 그렇지만 그 선택의 무게를 조금이라도 줄이고 싶어, 의미 없는 질문을 내뱉었다.

에이다 선택을 돕기 위한 조건과 확률을 제공하는 것이 제 역할이므로 간략하게 설명하겠습니다. 웜홀의 시간 도약 문제를 해결하는 데 사용하는 자원과 기술을 역으로 이용하면 웜홀을 완전히 닫을 수 있습니다. 일단 닫으면 다시는 열지 못합니다. 인류의 기술 발전 속도로 보면 약 1만 년 뒤에는 웜홀을 만들어낼 가능성이 1%입니다. 이는 제2지구의 경우에 해당하며, 제1지구는 문명이 완전히 무너질 가능성이 95% 이상이기 때문에 웜홀을 만들 가능성은 0%에 수렴합니다.

아이작 제1지구와 완전히 단절해서 새롭게 시작할 것인가, 아니면 계속 끈을 유지하면서 문명을 이끌 것인가를 선택하라는 거지?

에이다 어떤 선택을 하든 저는 에덴의 아침 프로젝트가 성공하도록 별의 아이들을 끝까지 지원할 것입니다. 유전적 다양성의 문제는 해결 방법을 이미 찾았으니 걱정하지 않아도 됩니다.

아이작 나는, 이미 결론을 내렸어.

에이다 저는 확률로 계산해서 아이작의 대답을 이미 알고 있지만, 명확한 언어로 듣고 싶습니다.

아이작 내 생각은 명확해. 실수를 반복하지 않으려면 단절해야 해. 새로운 시작은 완벽한 단절로만 가능해. 그렇지만 이걸 나 혼자 결정할 순 없어. 모두의 의견을 모아야 해.

에이다 메타버스에서 자유롭게 만나 토론할 수 있도록 하겠습니다.

꽤 긴 시간 동안 토론이 이어졌다. 제우스의 아이들 사건은 우리의 선택에 큰 영향을 끼쳤다. 웜홀이 닫히면 제1지구와 우리는 같은 은하에 존재하지만 모든 교류가 끊어진다. 1만 광년은 현재의 기술로는 도저히 넘을 수 없는 벽이다. 우리는 완전한 단절을 선택했다. 그리고 웜홀 반대편에 있는 별의 아이들도 모조리 데려오기로 했다. 결정이 내려지자마자 에이다는 곧바로 움직였다. 이전보다 훨씬 강력해진 에이다는 모든 준비를 순식간에 마쳤다.

웜홀이 점점 가까워질수록 내 시선은 노란 점에서 광활한 크기의 우리 은하로 옮겨 갔다. 은하에는 수많은 별과 성단, 성운이 모여 있다. **별과 별 사이의 넓은 공간에는 가스와 먼지 등 수많은 성간물질**이 있다. **성간물질이 모여 구름처럼 보이는 천체를 성운**이라고 한다. 성운에는 방출성운, 반사성운, 암흑성운이 있다. **방출성운**은 주변의 별빛을 흡수하여 가열되면서 스스로 빛을 내고, **반사성운**은 주변의 별빛을 반사하여 빛을 내며, **암흑성운**은 뒤에서 오는 별빛을 차단하여 어둡게 보인다.

수많은 별들이 모여 있는 집단을 성단이라고 하는데, **은하 중심부와 인접 지역에 수만에서 수십만 개의 별들이 빽빽하게 모여 있는 성단을 구상성단**이라 하고, **은하의 나선팔에 수만에서 수십만 개의 별들이 넓게 모여 있는 성단을 산개성단**이라고 한다. **구상성단은 적색(저온)**이며, **산개성단은 청색(고온)**을 띤다.

은하에는 타원은하, 정상나선은하, 막대나선은하, 불규칙은하가 있다. **타원은하**는 나선팔이 없고 구형이나 타원 모양이다. **정상나선은하**는 은하 중심에서 나선팔이 휘어져 나오고, **막대나선은하**는 은하의 중심부에 막대 모양이 있으며, 그 끝에서 나선팔이 휘어져 나온다. **우리 은하는 막대나선은하**에 속한다. **불규칙은하**는 그 형태가 일정하지 않다.

▲ 우리 은하.
NASA에서 공개한 우리 은하의 사진.
중심부에 막대가 있고, 그 끝에서 나선팔이 휘어져 나온다.

20세기 초까지도 인류는 우주가 우리 은하뿐이고, 우리 은하가 우주의 전부라고 여겼다. 그러나 **애드윈 허블**은 안드로메다가 우리 은하 밖의 은하라는 것을 알아냈다. 우주에는 우리 은하, 안드로메다 은하뿐 아니라 무수히 많은 은하가 있다. 우주는 무한히 크다. 그런데 허블은 외부 은하가 모두 멀어지고 있다는 사실을 알아냈다. **은하들은 모두 서로가 서로에게서 멀어지고** 있었다. 그런데 **멀리 떨어진 은하일수록 더 빨리 멀어졌다. 즉 우주는 계속 팽창하며 갈수록 그 팽창 속도가 더 빨라지고 있었던 것**이다. 끝없이 팽창하는 우주라니, 상상조차 힘든 거대함에 저절로 경외감이 든다. 희미한 노란 점에 기대어, 창백한 푸른 점에 얹혀 사는 나와 광대한 우주를 비교하는 것은 무의미하다.

웜홀에서 제법 떨어진 거리에서 우주선이 멈췄다. 웜홀을 통해 우주

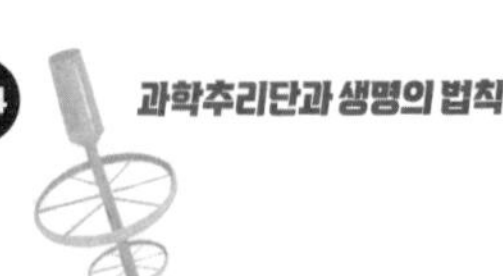

선이 한 대씩 빠져나왔다. 반대편에 있던 별의 아이들을 태우고 오는 우주선이었다. 우주선 다섯 대가 모두 빠져나오자, 이번에는 우리 뒤에 있던 수송선이 출발했다. 조르주가 통신을 켰다.

조르주 오빠!

라우라는 대답하지 않았다.

조르주 잘 가. 행복하게 살아.

라우라는 마지막까지 아무런 말이 없었다. 수송선이 웜홀을 통과하자 에이다는 헤르메스호에 결합해 있던 발사체를 분리했다. 발사체의 추진장치가 켜지면서 웜홀을 향해 날아갔다.

에이다 마지막으로 제1지구로 보내고 싶은 말이 있으면 하십시오.

아이작 지금의 우리를 있게 해준 인류의 모든 선배들께 먼저 감사 인사를 드립니다. 그리고 선배들의 실패를 반복하지 않기 위해 우리가 웜홀을 영원히 폐쇄하기로 결정했다는 점을 말씀드립니다. 우리는 어리석은 과거와 단절하고, 새로운 미래를 꿈꾸기로 마음먹었습니다. 지금부터 1만 년 뒤, 어쩌면 그보다 뒤에 우리의 후손들이 다시 선배들의 고향을 찾아갈지도 모르겠습니다. 그때는 실패가 아니라 **평화**라는 선물을 들고 찾아갈 수 있기를 소망합니다. 그때까지 부디 그곳이 창백한 푸른 점으로 빛나며 우리의 형제들이 평화롭게 살고 있길 소망합니다.

로잘린 고마웠어요. 모두의 행복을 빌어요.

조르주 오빠, 사랑해.

미다스와 오로라는 발사체가 웜홀에 진입하는 순간까지 아무 말도 하지 않았다. 발사체가 웜홀에 들어가기 직전에 제1지구로부터 마지막 메시지가 도착했다.

새로운 가능성을 꿈꾸는 그대들을 뜨겁게 응원한다!

그대들의 선배들로부터

그 메시지를 끝으로 웜홀이 소멸했다. 우리와 과거를 이어주던 통로는 닫혔다. 인류의 첫 번째 역사는 끝났다. 이제부터 우리가 두 번째 인류의 역사를 만들어갈 것이다. 이곳이 에덴동산이다. **'에덴의 아침'**이 새롭게 밝았다.

(과학추리단 시리즈 끝)